Norg – Im verbotenen Land

© UeberreuterVerlag

Wolfgang Hohlbein, 1953 in Weimar geboren, gehört zu den meistgelesenen und erfolgreichsten deutschsprachigen Autoren fantastischer Literatur. Seine Bücher decken die ganze Palette des Genres ab – von Science-Fiction über Fantasy bis hin zum Horror. Der Durchbruch gelang ihm 1982 mit seinem Jugendbuch *Märchenmond*. Seither hat er, oft in Zusammenarbeit mit seiner Frau Heike, zahlreiche Romane für Jugendliche und Erwachsene veröffentlicht.
Im Carlsen Verlag sind von Wolfgang Hohlbein außerdem die Titel *Midgard* (CTB 373) und *Die Nacht des Drachen* (CTB 545) lieferbar.

Heike und Wolfgang Hohlbein

Norg

Im verbotenen Land

Mit Illustrationen
von Daniela Chudzinski

CARLSEN

Veröffentlicht im Carlsen Verlag
Juni 2007
Mit freundlicher Genehmigung des Thienemann Verlages

Umschlagbild: Daniela Chudzinski
Umschlaggestaltung: formlabor
Corporate Design Taschenbuch: Dörte Dosse
Gesetzt aus der Sabon von H & G Herstellung, Hamburg
Druck und Bindung: GGP Media GmbH, Pößneck
ISBN: 978-3-551-35645-1
Printed in Germany

Die Falle

Der Tag, an dem Norg das erste Mal einen *Stinkfuß* sah, hatte schon nicht gut angefangen. Er war erst lange nach Sonnenaufgang eingeschlafen, hatte sich immer wieder herumgewälzt und war ein paar Mal zwischendurch aufgewacht. Schließlich hatte ihn die Sonne, deren Strahlen sich durch jede noch so kleine Ritze seines Nestes gemogelt hatten, endgültig aufgeweckt.

Und um das Maß voll zu machen, hatte er sich auch noch verlaufen.

Das hieß, *verlaufen* stimmte nicht ganz. Norg – der eigentlich Pixatorakulus Pixamenius Pixaranis hieß, aber dieser Name war viel zu umständlich, als dass ihn sich irgendjemand außerhalb des *Kleinen Volkes* gemerkt hätte, und so nannte ihn jedermann einfach nur *Norg* –, Norg also wusste schon recht gut, wo er war. Das Problem war eher, dass er nicht dort sein sollte, wo er war.

Der kleine Weiher, an dessen Ufer er entlangmarschierte und ab und zu missmutig nach einem Stein trat, der dann davonflog und mit einem lauten Platscher im Wasser landete, lag tief im *verbotenen Land*, dicht am Waldrand. Es war natürlich nicht wirklich verboten – kein Mitglied des *Kleinen Volkes* hätte sich je irgendetwas verbieten lassen –, aber niemand kam freiwillig hierher. Es gab eine Menge gefährlicher Tiere: Wiesel, Eichhörnchen, Mäuse, selbst Ratten sollten hier schon gesehen worden sein. Und Yorla, das älteste der alten Trollweiber, wurde nicht müde die Geschichte von einem riesigen Ungeheuer zu erzählen, dem sie angeblich hier begegnet war: eine struppige Bestie mit langem Haar, spitzen Ohren und handlangen Reißzähnen, fünfmal so groß wie eine Ratte und mindestens doppelt so schnell. Ihre Augen sollen geglüht haben und trotz ihrer Größe war sie wohl in der Lage, so schnell und mühelos wie ein Eichhörnchen einen Baum hinaufzurennen.

Natürlich glaubte niemand diese Geschichte. Trollweiber waren dafür bekannt, dass sie hoffnungslos übertrieben und es mit der Wahrheit manchmal nicht so genau nahmen. Aber sie war schon dazu angetan, einem unausgeschlafenen und noch dazu ziemlich schlecht gelaunten Pixi einen kalten Schauer über den Rücken laufenzulassen.

Norg blieb stehen, stemmte die Fäuste in die Hüften und sah sich kampflustig um. *Verbotenes Land* oder nicht – es sah hier einfach nicht besonders gefährlich aus. Der Weiher war zwar ziemlich groß und wimmelte von Kaulquappen, Mückenlarven und anderem lästigem und zweifellos auch gefährlichem Getier, aber Norgs scharfe Augen zeigten ihm auch, dass ihm das schlammige Wasser allerhöchstens bis zum Kinn gehen würde. Es gab nur sehr wenig Unterholz und auch das Moos reichte ihm kaum bis zu den Knien. Nirgendwo konnte sich ein gefährliches Tier verstecken, und wäre ein Raubvogel im Anflug gewesen, so hätten ihn seine scharfen Ohren früh genug gewarnt.

Und trotzdem hatte er das unheimliche Gefühl, dass hier etwas war, das nicht hierhin gehörte.

Das einzige andere Lebewesen außer ihm war im Moment jedoch eine Mücke, die sich schon die ganze Zeit in der Nähe herumtrieb und jetzt in langsam kleiner werdenden Spiralen näher kam. Wahrscheinlich bildete sie sich ein, dass er es nicht merkte.

Norg legte sein ohnehin faltiges Gesicht in noch mehr Falten, hob herausfordernd die Fäuste und drehte sich einmal im Kreis, um nach dem lästigen Störenfried Ausschau zu halten. Die Mücke war schon ganz nahe. Sie hatte wohl wirklich gedacht, dass sie sich an ihn anschleichen und ihm womöglich eine gehörige Portion Blut abzapfen konnte, ohne dass er es überhaupt merkte. Sie war entweder selbst für eine Mücke außergewöhnlich dumm oder sie hatte noch nie jemanden vom *Kleinen Volk* gesehen.

Wenigstens war sie keine Selbstmörderin. Als ihr klar wurde, dass Norgs Augen jeder ihrer Bewegungen aufmerksam folgten, machte sie auf der Stelle kehrt und summte davon, um sich ein neues Opfer zu suchen.

Norg atmete erleichtert auf. Mücken waren nicht wirklich gefährlich – wenigstens nicht, wenn sie einzeln kamen –, aber doch ziemlich lästig. Außerdem konnte er sich den Spott der anderen lebhaft vorstellen, wenn er mit verschwollenem Gesicht oder einem Buckel oder humpelnd zurückkam.

Es wurde Zeit, nach Hause zu gehen. Bis die Sonne versank, vergingen sicher noch zwei Stunden. Alle anderen würden noch schlafen, aber hier hatte er nichts verloren. Auch wenn er immer noch nichts wirklich Gefährliches sehen oder hören konnte, verstand er doch allmählich, warum man diese Gegend *Verbotenes Land* nannte. Es war einfach unheimlich hier.

Er machte einen Schritt, dann noch einen und der Boden unter seinen Füßen begann zu zittern. Ein sonderbares Geräusch erklang, ein Laut wie das Summen einer wütenden Biene, aber zugleich auch ganz anders. Obwohl Norg einen solchen Laut noch nie zuvor im Leben gehört hatte, begriff er doch sofort, dass er nur eines bedeuten konnte: Gefahr! Auf der Stelle fuhr er herum und raste davon.

Norg war schnell. Alle Angehörigen des *Kleinen Volkes* waren schnell und Norg war ganz besonders schnell. Aber in diesem Fall nutzte ihm seine Schnelligkeit nichts, sondern wurde ihm ganz im Gegenteil zum Verhängnis. Wäre er in die andere Richtung gerannt, dann wäre er wahrscheinlich mit dem Schrecken davongekommen. So aber wurde dieses sonderbare Summen plötzlich zu einem scharfen, peitschenden Laut und dann schien der ganze Boden unter ihm hochzufliegen. Trockenes Laub und kleine Erdkrümel wirbelten in alle Richtungen davon.

Im nächsten Augenblick fand sich Norg mit dem Kopf nach unten hängend in einem engmaschigen Netz gefangen, das bisher unter dem Laub verborgen gewesen war und nun hoch über dem Boden in der Luft baumelte.

Im ersten Moment war Norg so durcheinander, dass er nicht einmal Angst hatte. Das Netz hatte sich zu einem schmalen Schlauch zusammengezogen, während es in die Höhe geschnellt war, und pendelte immer noch so wild hin und her, dass ihm fast schwindelig wurde. Außerdem hing er mit dem Kopf nach unten und eng an den Körper gepressten Knien da, so dass es ihn etliche Mühe kostete, sich auch nur so weit herumzudrehen, dass ihm das Blut nicht mehr in den Kopf stieg und das grelle Sonnenlicht nicht direkt in seine Augen stach.

Als es ihm endlich gelungen war, sich herumzudrehen, wurde ihm wirklich schwindelig und im ersten Moment auch ein bisschen schlecht. Er befand sich nämlich gute anderthalb Meter über dem Waldboden und das Netz schaukelte noch immer hin und her. Das *Kleine Volk* hatte keine Schwierigkeiten damit, auf Ästen herumzutollen oder auch in Baumwipfel zu klettern, aber etwas zu können bedeutete ja noch lange nicht, es auch zu mögen. Unten auf dem Boden gab es eine Menge Gras, Moos, Wurzelgeflecht und niedrige Büsche und damit ausreichend Verstecke, und wenn es etwas gab, was das *Kleine Volk* noch weniger mochte als helles Sonnenlicht, dann war es freier Himmel über den Zipfelmützen. Was nutzten einem die schärfsten Ohren, wenn ein Falke schnell wie der Blitz aus heiterem Himmel herabstieß oder eine Eule lautlos in den Baumwipfeln saß und auf Beute lauerte?

So warf Norg erst einmal einen nervösen Blick in den Himmel, ehe er sich endgültig seiner misslichen Lage zuwandte. Norg verstand noch nicht so ganz, was ihm eigentlich passiert war, aber es gehörte nicht besonders viel Grips dazu, zu verstehen, dass er in eine ziemlich heimtückische Falle getappt war. Jemand hatte dieses Netz sorgsam unter dem Laub versteckt und es mit einem gemeinen Federmechanismus versehen, so dass es zuschnappte und mitsamt seinem Opfer in die Baumwipfel hinaufschoss, sobald jemand auf eine bestimmte Stelle trat.

Allein die Vorstellung machte Norg richtig wütend. Schon eine so gemeine Falle zu ersinnen war heimtückisch, aber sie zu bauen ...? Norg fehlten für eine solche Hinterlist einfach die Worte.

Aber wer immer sich diese Gemeinheit auch ausgedacht hatte, hatte seine Rechnung ohne Pixatorakulus Pixamenius Pixaranis gemacht. Er würde ihm die Suppe gründlich versalzen!

Unverzüglich machte er sich an die Arbeit.

Jedenfalls versuchte er es.

Seine Hände schlossen sich um die dünnen Stricke, mit denen das engmaschige Netz geflochten war, und zogen mit aller Kraft. Er war zuversichtlich die dünnen Fäden ohne große Mühe zerreißen zu können, denn Norg war nicht nur schnell, sondern für jemanden seiner Art auch ziemlich stark.

Er zerrte, riss und zog eine ganze Weile an den dünnen Fäden, bevor er enttäuscht, aber auch ziemlich verwirrt, aufgab. Seine Hände taten weh, aber das Netz war nicht einmal beschädigt.

Zum ersten Mal betrachtete Norg sein Gefängnis genauer. Es bestand aus dünnen, sehr glatten Fäden, die ein bisschen wie Spinnweben aussahen, aber viel fester waren. Er hatte so etwas noch nie zuvor gesehen.

Allmählich wurde es Norg doch ziemlich mulmig zu Mute. Zuerst diese gemeine Falle, dann diese seltsamen Fäden, deren Festigkeit an Zauberei grenzte ...

Vielleicht gab es ja doch einen Grund, aus dem man die Gegend hier am Waldrand das *Verbotene Land* nannte, überlegte er unbehaglich. Er hatte niemals gehört, dass einer vom *Kleinen Volk* von einer so heimtückischen Falle erzählt hätte oder von Seilen, die so dünn wie Spinnweben waren, aber vollkommen unzerreißbar – aber das musste nicht unbedingt heißen, dass er der Erste war, dem so etwas passierte.

Vielleicht war ja bisher einfach nur niemand zurückgekommen, um davon zu erzählen ...

So oder so: Er war gefangen und er konnte im Moment nichts anderes tun, als dazusitzen und zu warten, was weiter geschah.

Es wurde ein ziemlich langer Moment.

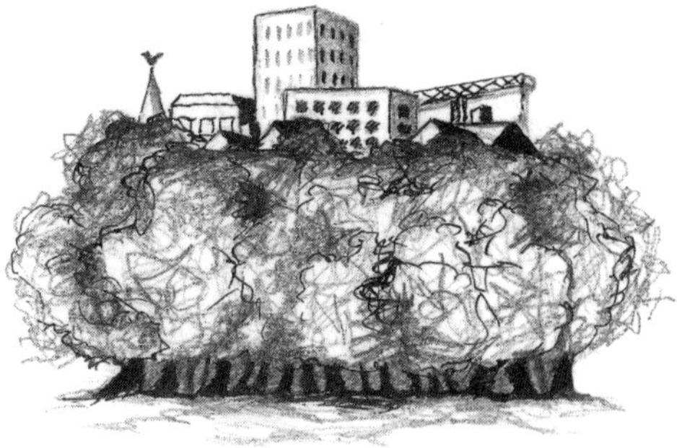

Der Stinkfuß

Mindestens eine Stunde verging, und schon lange ehe sie vorbei war, begann sich Norg elend zu fühlen. Die Sonne brannte unbarmherzig vom Himmel und es war nicht nur die ungewohnte Helligkeit, die seinen Augen wehtat. Pixis vertrugen keine Sonne – wie übrigens die meisten vom *Kleinen Volk* –, und wenn Norg dem grellen Licht zu lange ungeschützt ausgesetzt war, würde er einen gewaltigen Sonnenbrand bekommen; einen, der nicht nur unangenehm, sondern wirklich *gefährlich* werden konnte. Und es war noch mindestens eine Stunde bis Sonnenuntergang! Allmählich begann er sich wirklich Sorgen zu machen.

Plötzlich hörte er ein Geräusch, einen dumpfen

Laut, fast wie Donner, aber zugleich auch ganz anders; ein Geräusch, das keinem ähnelte, das er kannte, und das ihm fast Angst machte. Er versuchte sich herumzudrehen, um nach der Ursache dieses unheimlichen Lautes Ausschau zu halten, aber das war in dem engen Netz kaum möglich. Und dann ging alles ganz schnell: Das Netz, in dem er eingesperrt war, sauste plötzlich fast genauso schnell zu Boden, wie es vorhin in die Höhe geschossen war, und der Himmel, der Wald und der Boden schlugen ein halbes Dutzend Purzelbäume rings um ihn herum.

Der weiche Waldboden und das Moos nahmen dem Aufprall die schlimmste Wucht, aber er war immer noch hart genug, um Norg kräftig durchzuschütteln und aus seinem Schreckensschrei ein keuchendes Piepsen werden zu lassen. Vielleicht fiel er sogar für einen Moment in Ohnmacht, denn das Nächste, woran er sich erinnerte, war, dass sich wieder alles um ihn drehte, sein Kopf dröhnte und ihm jeder Knochen im Leib wehtat. Außerdem war ihm die Mütze ins Gesicht gerutscht, so dass er im allerersten Moment nicht einmal etwas sehen konnte.

Mit einer ärgerlichen Bewegung schob er sie wieder an ihren Platz zurück – und hätte um ein Haar laut aufgeschrien.

Unmittelbar vor ihm ragte ein Schuh in die Höhe, in dem der größte Fuß steckte, den Norg jemals gesehen hatte. Er reichte ihm fast bis zum Knie und er musste beinahe länger sein, als Norg groß war. Das dazugehörige Bein hatte den Umfang eines kleinen Baumes und verschwand in schwindelerregende Höhen, die Norg lieber gar nicht sehen wollte.

Und er stank erbärmlich.

Es war dieser Gedanke, der Norg klarmachte, womit er es zu tun hatte.

Es war ein Stinkfuß!

Bei dieser Erkenntnis machte Norgs Herz einen erschrockenen Sprung bis fast in seinen Hals hinauf, wo es wie ein außer Rand und Band geratenes Hammerwerk weiterpochte.

Ein Stinkfuß! Das schrecklichste aller Ungeheuer, von denen das *Kleine Volk* wusste! Niemand, den Norg kannte – nicht einmal die alte Yorla –, hatte jemals einen dieser riesigen Unholde gesehen. Und ehrlich gesagt hatte er auch nicht wirklich geglaubt, dass es sie gab. Aber nun stand eines dieser

grässlichen Ungeheuer genau vor ihm, größer – und übrigens auch noch viel übelriechender –, als Norg es sich je vorgestellt hatte. Zweifellos würde es im nächsten Moment ausholen, um ihn in den Waldboden zu stampfen! Norg war plötzlich überzeugt davon, dass er sterben würde. Es gab eine ganz einfache Erklärung dafür, dass noch nie jemand von der Begegnung mit einem Stinkfuß erzählt hatte: Bisher hatte noch nie jemand eine solche überlebt!

Der riesige Fuß bewegte sich, aber nicht, um ihn tief genug in den Boden zu rammen, damit er den Radieschen beim Wachsen zusehen konnte. Stattdessen hörte er plötzlich eine Stimme.

»Ich hab dir gesagt, dass es funktioniert, oder? Aber du hast mir ja nicht geglaubt!«

Norg blinzelte. Das klang nicht wie die Stimme eines Ungeheuers. Schon eher wie die eines …

Aber das war unmöglich.

»Jetzt guck doch erst mal nach, was du gefangen hast«, sagte eine andere Stimme. »Wahrscheinlich ist es nur eine Feldmaus. Oder ein Frosch.«

»Du bist ja bloß neidisch«, antwortete die erste Stimme. »Wahrscheinlich ist es ein Eichhörnchen.

Vielleicht sogar ein Wiesel oder ein junger Fuchs. Dafür kriegen wir in der Stadt bestimmt einen hübschen Batzen Geld.«

Das klang nicht wie die Stimme eines Ungeheuers, dachte Norg verwirrt. Eigentlich eher wie die eines Kindes – wenn auch eines, das er lieber nicht kennenlernen wollte …

Unglücklicherweise ging es in diesem Moment nicht darum, was *er* wollte.

»Schauen wir doch einfach mal nach, was wir da erwischt –«, begann die erste Stimme – aber nur, um dann mitten im Satz und mit einem verblüfften Laut abzubrechen. Eine riesige Hand, deren Finger dicker waren als Norgs Arme, hatte sich vom Himmel gesenkt und das Netz ziemlich unsanft in die Höhe gelupft, so dass Norg schon wieder kräftig durchgeschüttelt wurde. Und in der nächsten Sekunde blickte er in ein wahrhaft *riesiges* Gesicht, aus dem ihn ein Paar ungläubig aufgerissene Augen anstarrte.

Jedes dieser Augen war beinahe so groß wie Norgs Gesicht, und wäre Norg in diesem Moment nicht vor Schrecken wie erstarrt gewesen, dann wäre ihm wahrscheinlich aufgefallen, dass es gar nicht das Gesicht eines Ungeheuers war, sondern das eines ganz normalen, vielleicht elf- oder zwölfjährigen Jungen; wenn auch keines besonders hübschen.

Fast eine halbe Minute verging, in der sich Norg und der Stinkfuß nur gegenseitig anstarrten, dann stammelte der sommersprossige Riese: »Wa-wa-was i-i-i-ist denn da-da-da-das?«

»Seit wann stotterst du denn?«, fragte die zweite Stimme, die Norg vorhin schon gehört hatte. Die Erde bebte unter den Schritten eines Riesen und ein zweites, womöglich noch hässlicheres Gesicht erschien neben dem ersten.

Norg war gewiss kein Feigling, aber nun begann er am ganzen Leib zu zittern. Er war sich jetzt sicher, dass sein letztes Stündlein geschlagen hatte. Bestimmt würden ihn die beiden Stinkfüße bei lebendigem Leib verschlingen, falls sie nicht auf die Idee kamen, ihn auf einen Stock zu spießen und über einem offenen Feuer zu braten oder etwas noch Schlimmeres mit ihm anzustellen. Warum hatte er auch nicht auf die Alten gehört und einen möglichst großen Bogen um die Gegend am Waldrand geschlagen?

»Das ist ja unglaublich!«, murmelte der neu aufgetauchte Riese. »Mensch, Sven, was … was ist denn das? Eine Puppe?«

»Hast du keine Augen im Kopf?«, fragte Sven. Während er sprach, schlug Norg sein Atem ins Gesicht, und er dachte flüchtig, dass man diese Riesen eigentlich besser *Stinkmaul* als *Stinkfuß* nennen sollte. Aber vielleicht rochen sie ja auch einfach nur nach halb verdauten Pixis.

»Der Knirps zittert am ganzen Leib! Und er schwitzt. Seit wann schwitzen Puppen?« Sven schüttelte so heftig den Kopf, dass Norg schon wieder erschrocken zusammenfuhr. »Was immer es ist, es lebt. Und weißt du was? Der Typ in der Zoohandlung wird uns ein Vermögen dafür zahlen!«

Norg hatte keine Ahnung, was ein Typ war oder eine Zoohandlung, aber beides hörte sich nicht gut an. Nun, wenigstens hatten die beiden Stinkfüße nicht vor, ihn auf der Stelle aufzufressen.

»Ich weiß nicht.« Der zweite Stinkfuß legte die Stirn in Falten. In jede einzelne davon hätte Norg bequem eine Hand legen können.

»Was weißt du nicht, Ulli?«, erkundigte sich Sven. Er klang ein bisschen genervt.

»Ich habe so ein Tier noch nie gesehen«, antwortete Ulli unschlüssig. »Ich weiß nicht, ob wir es mitnehmen sollen. Vielleicht steht es ja unter Naturschutz oder so was.«

»Umso mehr Geld kriegen wir dafür!«, behauptete Sven. »Außerdem ist das kein Tier.«

»Was denn sonst?«

»Keine Ahnung«, sagte Sven schulterzuckend. Er hob das Netz ein wenig höher und schüttelte es zugleich so heftig hin und her, dass Norgs Zähne klappernd aufeinanderschlugen. »Kannst du mich verstehen, Knirps? Kannst du sprechen?«

Norg konnte sowohl das eine als auch das andere, aber es erschien ihm im Moment einfach klüger, sein riesiges Gegenüber wortlos anzustarren und so zu tun, als stünde er kurz davor, vor Angst zu sterben. Um ehrlich zu sein, fiel ihm das im Moment auch nicht besonders schwer.

»Blödes Ding«, knurrte Sven. »Aber egal. Wir nehmen es auf jeden Fall mit und verkaufen es. Hey – wir sind reich!«

»Oder auf dem besten Weg, uns Ärger einzuhandeln«, sagte Ulli. »Ich meine: Wenn sie wirklich unter Naturschutz stehen …«

»Blödsinn!«, antwortete Sven. »Wie kann etwas unter Naturschutz stehen, das noch nie jemand gesehen hat? Vielleicht sollten wir es gar nicht verkaufen, sondern damit zur Zeitung gehen oder gleich zum Fernsehen.«

»Ich habe kein gutes Gefühl dabei«, beharrte Ulli.

»Du bist ein Feigling«, sagte Sven. »Aber vielleicht hast du Recht. Ist wahrscheinlich besser, wenn es niemand sieht. Gib mir mal die Plastiktüte. Wir stecken es hinein. Und danach stellen wir die Falle wieder auf. Könnte ja immerhin sein, dass sich noch mehr von diesen komischen Dingern hier herumtreiben.«

Etwas raschelte und dann wurde das Netz zusammen mit seinem lebenden Inhalt in einen riesigen weißen Sack gestopft und es wurde dunkel um Norg herum.

Die Höhle der Riesen

Wenigstens bestand jetzt nicht mehr die Gefahr, dass Norg von der Sonne gegrillt wurde. Aber das war nur ein schwacher Trost, denn zum Ausgleich dafür ging der Stinkfuß mit seiner Last alles andere als vorsichtig um, so dass Norg die ganze Zeit über wild hin und her geworfen wurde und auch ein paar Mal ziemlich unsanft irgendwo anstieß.

Endlich wurde er abgeladen (um genau zu sein: ziemlich grob irgendwohin *geworfen*) und zusammen mit dem Netz aus dem Sack gezogen.

Norg war entsetzlich übel. Alles drehte sich um ihn, und als er sich mit der Hand über das Gesicht fuhr, war sie nass. Natürlich hätte Norg niemals zugegeben, dass er geweint hatte, aber es waren wohl Tränen.

»Pass an der Tür auf, dass niemand kommt«, hörte er Svens Stimme. »Irgendwo hier muss noch ein alter Hamsterkäfig sein. Darin können wir ihn gut einsperren, bis wir genau wissen, was wir mit ihm machen.«

Während es um ihn her zu poltern und rumoren begann, blinzelte Norg die Tränen weg, zog geräuschvoll die Nase hoch und setzte sich auf.

Er konnte die beiden Stinkfüße im Moment nicht sehen, aber was er sah, war erstaunlich genug – und auch ziemlich unheimlich. Er befand sich in der größten Höhle, die er jemals gesehen hatte. Die Decke schwebte so hoch über seinem Kopf wie die Krone eines kleinen Baumes und war sonderbarerweise nicht nur vollkommen glatt, sondern auch weiß (wenn auch ziemlich schmuddelig), und dasselbe galt für die Wände: Sie waren himmelhoch, glatt und schmutzig weiß. Der Raum, so groß er war, war mit jeder Menge (ausnahmslos riesigem) Gerümpel nur so voll gestopft und über den *Geruch*, der in der Luft hing, wollte Norg lieber gar nicht erst nachdenken. Unter der Höhlendecke hing eine Lampe, die fast so hell brannte wie die Sonne.

»Da ist er ja!« Etwas rumpelte, dann erscholl ein Getöse, als stürze ein kleiner Berg zusammen, und Sven kam mit einem großen Käfig auf den Armen zurück.

Nun, da ihn das grelle Sonnenlicht nicht mehr so blendete und sich auch seine Angst wieder halbwegs gelegt hatte, besah er sich den riesigen Stinkfuß das erste Mal genauer. Das Ungetüm war nicht ganz so gigantisch, wie er in seinem ersten Schrecken angenommen hatte – nicht so groß wie ein Baum, aber immerhin bestimmt fünf- oder sechsmal so groß wie Norg und wahrscheinlich *fünfzigmal* so stark wie er. Während Norg ihn jetzt beobachtete, begann er sich ein bisschen über sich selbst zu ärgern, dass er einem so plumpen Geschöpf in die Falle gegangen war. Sven bewegte sich geradezu lächerlich langsam. Norg war eigentlich sicher, dass er ihm und dem zweiten Stinkfuß ohne Probleme entwischen konnte, wenn er die Gelegenheit dazu bekam. Vielleicht, dachte er, war es im Nachhinein sehr klug gewesen, kein Wort zu sagen und einfach wie erstarrt dazusitzen. Wahrscheinlich hielten die beiden Stinkfüße ihn für ein dummes Tier. Sollten sie ruhig. Norg würde sie bei der ersten sich bietenden Gelegenheit eines Besseren belehren.

Sie kam schneller, als er zu hoffen gewagt hatte. Sven lud den rostigen Hamsterkäfig mit einem gewaltigen Scheppern vor ihm ab, ließ sich auf die Knie fallen und zerrte das Netz mit Norg darin grob in die Höhe.

»Hilf mir mal«, rief er, in Ullis Richtung gewandt. »Mach den Käfig auf!«

Während der zweite Riese unbeholfen heranstapfte, hob Sven das Netz mit der einen Hand in die Höhe, zog mit der anderen den Verschluss auf und griff hinein. Norg aber biss ihm kräftig in den Daumen, kletterte an seinem Handgelenk empor und rannte wieselflink bis zu seinem Ellbogen hoch, von wo aus er mit einem federnden Satz zu Boden sprang.

»Au!«, brüllte Sven in einer Lautstärke, dass Norg die Ohren klingelten. »Das kleine Miststück hat mich gebissen! *Halt es fest!*«

Der letzte Satz galt Ulli, der auch tatsächlich eine unbeholfene Bewegung in seine Richtung machte, der Norg aber mit einem flinken Haken auswich.

Wäre die Lage nicht so schlimm gewesen, hätte Norg über die Unbeholfenheit dieser tollpatschigen Riesen gelacht. So aber sparte er sich seinen Atem lieber, um noch schneller zu laufen und Haken schlagend unter einer Bank zu verschwinden.

Ulli prallte in vollem Lauf dagegen, riss sie um, schlug der Länge nach hin und schlitterte mit weit ausgebreiteten Armen durch den Raum, wobei er alle Hindernisse, die ihm im Weg waren, mit dem Gesicht zur Seite pflügte.

Schließlich endete seine unfreiwillige Schlitterpartie mit einem Knall, der die ganze Höhle erzittern ließ, als er mit dem Kopf gegen die Wand prallte.

Der Anblick war so komisch, dass Norg laut auflachte und für einen Moment sogar die Gefahr vergaß, in der er immer noch schwebte. Erst als sich ein riesiger Schatten auf ihn herabsenkte, erinnerte er sich wieder daran, dass die Bank, unter die er geflohen war, nicht mehr da war. Im letzten Moment entwischte er zur Seite, sah aus den Augenwinkeln, wie Svens riesige Pranke hinter ihm ins Leere grabschte, und rannte im Zickzack durch die Höhle. Irgendwo musste es doch einen Ausgang geben!

Der Stinkfuß rannte brüllend vor Wut hinter ihm her. Er bewegte sich noch immer lächerlich langsam, aber seine gewaltige Größe ließ ihn trotzdem irgendwie auch wieder schnell werden – Norg musste acht oder zehn Schritte machen, während der Stinkfuß nur einen einzigen tat. Und nach einem kurzen Augenblick rappelte sich auch Ulli wieder hoch und schloss sich der wilden Jagd an. Die beiden riesigen Tollpatsche behinderten sich dabei mehr gegenseitig, als dass sie sich halfen, und sie zertrümmerten die ohnehin schäbige Einrichtung der Höhle binnen wenigen Augenblicken vollends, aber das schien ihre Wut nur noch zu schüren.

Norg entwischte ihren ungeschickten Händen zwar ohne Mühe, aber er kam der Tür auch nicht wirklich näher – ganz davon abgesehen, dass der Griff viel zu weit über ihm lag und seine Kraft niemals ausgereicht hätte, sie zu öffnen.

»Gleich hab ich das kleine Biest!«, brüllte Sven. »Pass auf!«

Er bückte sich und griff mit beiden Händen nach Norg und von der anderen Seite versuchte Ulli dasselbe zu tun – mit dem Ergebnis, dass Norg mit einem blitzschnellen Hüpfer zur Seite sprang und die beiden Trottel mit den Köpfen zusammenknallten. Ulli ächzte nur und landete schwer auf dem Hosenboden, aber Sven sprang heulend in die Höhe und stampfte mit einem gewaltigen Fuß in seine Richtung. Norg entging dem gemeinen Tritt ohne Mühe, aber er begriff auch, dass die Sache nun wirklich ernst wurde. Sven schien es mittlerweile egal zu sein, ob er ihn in einem Stück ablieferte oder in mehreren.

Er musste raus hier, und das schnell! Seine Kraft begann bereits nachzulassen, während der wutschnaubende Riese keine Erschöpfung zu kennen schien.

Dann geschah endlich das, worauf Norg die ganze Zeit über gewartet hatte: Die Tür ging auf! Norg stieß ein erleichtertes Pfeifen aus, schlug einen gewaltigen Haken zwischen Svens Füßen hindurch – und prallte mit einem entsetzten Keuchen zurück.

Unter der Tür erschien ein dritter Stinkfuß!

Er war nicht ganz so groß wie die beiden ersten, aber immer noch riesig, und als er sah, was hier drinnen los war, blieb er mitten in der Bewegung stehen und riss ungläubig die Augen auf. »Was –?«, begann er.

Weiter kam er nicht. Ulli hatte sich mittlerweile

wieder hochgerappelt und stürmte heran, gerade rechtzeitig, um gegen die Tür zu laufen, die der Neuankömmling aufgestoßen hatte. Es gab einen gewaltigen Knall, Ulli landete zum dritten Mal reichlich unsanft auf dem Fußboden und die Tür flog wieder zu, wobei sie den dritten Stinkfuß gleich mit von den Füßen riss.

Norg konnte mit knapper Not noch zur Seite springen, um nicht von dem niederkrachenden Riesen erschlagen zu werden, und war für den Bruchteil eines Augenblicks abgelenkt.

Um ein Haar hätte ihn diese Unaufmerksamkeit das Leben gekostet.

Er bemerkte die Gefahr noch, aber es war zu spät, um ihr ganz auszuweichen. Svens Fuß senkte sich riesig und unglaublich schnell auf ihn herab. Er streifte ihn nur, aber schon diese flüchtige Berührung reichte, Norg zu Boden zu schleudern, und dann quetschte der riesige Schuh sein rechtes Bein mit solcher Kraft gegen den Boden, dass Norg ein qualvolles Wimmern ausstieß. Es tat furchtbar weh. Er sah nur noch bunte Farbflecke und für einen Moment wurde der Schmerz in seinem Bein so schlimm, dass ihm übel wurde.

Als er wieder einigermaßen klar sehen konnte, hatte Sven ihn schon gepackt und so fest mit seiner riesigen Hand umschlossen, dass ihm fast die Luft wegblieb. Sein riesiges Gesicht war vor Wut rot angelaufen. »Verdammtes kleines Biest!«, grollte er. »Ich sollte dir den Kopf abreißen!«

»Mach es nicht kaputt«, sagte Ulli, der sich belämmert aufgesetzt hatte und sich den Kopf hielt. Seine Nase blutete.

»Kaputt! Ha!«, grollte Sven. »Das Biest ist zäh, keine Angst.« Ohne viel Federlesens drehte er sich herum, trug Norg zu dem rostigen Käfig und warf ihn unsanft hinein. Dann stapfte er zur Tür zurück, bückte sich zu dem dritten Stinkfuß und zerrte ihn mit einer groben Bewegung auf die Füße.

»Wen haben wir denn da?«, fragte er böse. »Wenn das nicht unser kleiner neugieriger Marvin ist. Wie oft habe ich dir schon gesagt, dass du nicht hier herumschnüffeln sollst, Blödmann?«

Bei diesen Worten schüttelte er Marvin wild hin und her, aber der Junge schien es gar nicht zu bemerken, denn er versuchte sich auf die Zehenspitzen zu stellen und einen Blick auf den Käfig zu erhaschen, in dem Norg lag. Sven ließ es jedoch nicht zu, sondern schubste ihn unsanft gegen die Wand.

»Was ... was habt ihr denn da?«, fragte Marvin stockend.

»Nichts«, antwortete Sven. »Da ist gar nichts.«

»Aber ich habe doch genau gesehen –«

»Da ist nichts«, sagte Sven noch einmal. Er ballte die Hand zur Faust und schüttelte sie drohend vor Marvins Gesicht. »Und du hast auch nichts gesehen, ist das klar?«

»Aber –«

Sven versetzte ihm eine klatschende Ohrfeige. »Du hast nichts gesehen«, sagte er noch einmal. »Ist das klar?«

Marvin nickte wortlos. Er zitterte und seine Augen waren ganz dunkel vor Furcht. Wäre Norg im Moment nicht selbst zum Heulen zu Mute gewesen, dann hätte er vermutlich seine helle Freude daran gehabt, zu sehen, dass auch Stinkfüße Angst empfinden konnten.

Sven öffnete die Tür, packte den kleineren Jungen grob bei der Schulter und beförderte ihn mit einem Stoß hinaus. »Hau bloß ab!«, schrie er. »Wenn ich dich noch mal beim Rumschnüffeln erwische, geht's dir schlecht!« Und damit knallte er die Tür hinter dem Jungen zu, dass der Staub aus den Ritzen quoll.

»Warum hast du ihn laufenlassen?«, beschwerte sich Ulli.

»Ach, und was hätte ich tun sollen?«, fragte Sven böse. »Ihn fesseln und knebeln?«

»Er wird bestimmt wiederkommen«, sagte Ulli. »Oder wenigstens überall rumerzählen, was er gesehen hat.«

Sven lachte. »Was? Dass wir einen Zwerg mit einer grünen Zipfelmütze in einem Hamsterkäfig gefangen halten? Wenn er das erzählt, stecken sie ihn höchstens in eine Zwangsjacke.«

Er kam zu Norg zurück, ließ sich ächzend in die Hocke sinken und sah einen Moment lang nachdenklich auf ihn hinab. »Ich frage mich, was das ist«, murmelte er. »Vielleicht so eine Art Zirkusaffe, der weggelaufen ist.«

»Könnte auch ein Alien sein«, meinte Ulli.

»Alien, Quatsch!«, fauchte Sven. »Wenn das ein Alien ist, wo, bitte schön, ist dann sein UFO und seine Laserpistole?« Er schüttelte überzeugt den Kopf. »Nein, das Ding ist garantiert aus dem Zirkus abgehauen. Wir hören uns erst einmal um, ehe wir es ins Tiergeschäft bringen. Vielleicht gibt es ja eine fette Belohnung.«

»Und Marvin?«, fragte Ulli.

»Der kleine Schnüffler hatte doch die Hosen voll«, antwortete Sven. Dann nickte er. »Aber du hast Recht: Man kann nicht vorsichtig genug sein. Wir lassen ihn für den Moment hier, aber wir suchen ein besseres Versteck und kommen später wieder, um ihn zu holen.«

Die Flucht

Nachdem die beiden Stinkfüße gegangen waren, wurde es dunkel; selbst für Norgs empfindliche Augen zu dunkel. Normalerweise konnte er sogar in tiefster Nacht noch gut sehen. Aber die Höhle hatte keine Fenster und das seltsame Licht unter der Decke musste wohl eine Art magisches Feuer sein, das nur für die Stinkfüße brannte.

Es hätte ihm auch nicht viel genutzt, etwas zu sehen. Kaum dass Ulli und Sven gegangen waren, hatte er angefangen sein neues Gefängnis zu untersuchen – mit einem niederschmetternden Ergebnis. Der Käfig war viel größer als das Netz, in dem er zuvor gefangen gewesen war, und bestand aus einem völlig anderen Material. Aber seine Maschen waren genauso eng und noch fester als die seltsamen Fäden. Nachdem er eine Weile vergeblich daran herumgezerrt hatte, gab Norg enttäuscht auf. Das harte Material war ihm unheimlich. Nicht einmal die Nagezähne einer Ratte hätten ihm etwas anhaben können, da war er sicher.

Aber im Grunde galt das ja für diese ganze Umgebung, in der er plötzlich gelandet war: Alles hier war ihm unheimlich. Die Welt der Stinkfüße machte ihm Angst. Hätte er doch nur auf die Warnungen der Alten gehört!

Irgendwann, nach einer Zeit, die ihm nur lang vorkam, es aber nicht wirklich war, hörte er ein Geräusch. Schon im nächsten Moment wurde die Tür aufgestoßen und ein riesiger Schatten erschien in der Öffnung. Norg sah hoch und schloss gleich darauf geblendet wieder die Augen, als das magische Licht unter der Decke anging. Es war so grell, dass er erst einmal fast blind war.

Als er wieder sehen konnte, war der Stinkfuß herangekommen und hatte sich vor dem Käfig auf die Knie fallen lassen. Er hatte sich so weit vorgebeugt, dass sein Gesicht fast die Gitterstäbe berührte.

Norg kroch hastig in den hintersten Winkel des Käfigs und presste sich so fest gegen die Gitterstäbe, wie er konnte. Sein Herz klopfte. Es war keiner der beiden Stinkfüße, die ihn eingefangen hatten, sondern Marvin, der Schnüffler, aber das beruhigte ihn nicht besonders. Stinkfuß blieb Stinkfuß. Diese Ungeheuer waren gemein, und vor allem *gefährlich*.

»Tatsächlich«, murmelte Marvin, nachdem er ihn eine Weile fassungslos angestarrt und dabei ununterbrochen den Kopf geschüttelt hatte. »Du ... du bist wirklich echt. Großmutter hatte Recht.«

Großmutter?, dachte Norg. Wenn Stinkfüße Großmütter hatten, genau wie richtige Leute, dann konnten sie ja eigentlich nicht *so* fremdartig sein, oder?

»Wie ist dein Name, Kleiner?«, fragte Marvin. Er lächelte aufmunternd. »Nur keine Angst. Ich bin nicht wie die beiden Grobiane, die dich gefangen haben. Ich weiß, dass du sprechen kannst.«

Norg schwieg eisern weiter. Marvin kam ihm tatsächlich sympathischer vor als die beiden anderen, aber er traute ihm trotzdem nicht. Vielleicht log er ja.

»Du willst nicht mit mir reden«, sagte Marvin nickend. »Das verstehe ich. Ich an deiner Stelle wäre auch misstrauisch. Großmutter hat mir erzählt, dass das *Kleine Volk* sehr vorsichtig ist.«

»Wieso weißt du vom *Kleinen Volk*?«, entfuhr es Norg. Im nächsten Moment schlug er die Hand vor den Mund und hätte sich am liebsten auch noch auf die Zunge gebissen. Aber nun war es zu spät. Er hatte sein Geheimnis verraten.

Marvin wirkte jedoch kein bisschen überrascht. »Meine Großmutter hat mir davon erzählt«, sagte er. »Um ehrlich zu sein, habe ich ihr nicht geglaubt. Ich dachte, es wäre nur eines von ihren Märchen. Aber nun sehe ich es mit eigenen Augen.« Er legte den Kopf auf die Seite. »Bist du ein Elf?«

»Ein *Elf*?« Norg kreischte fast. »Willst du mich beleidigen? Elfen sind kleine lästige Biester, die den ganzen Tag nur Unsinn im Kopf haben. Ich bin viel größer.«

Marvin grinste. »Dann bist du also eher ein Zwölf.«

Norg hatte keine Ahnung, was dieses Wort bedeutete, aber es gefiel ihm auch nicht viel besser als *Elf*. Trotzdem knurrte er: »Meinetwegen. Was willst du?

Bist du nur gekommen, um dich über mich lustig zu machen, oder willst du mich auch in diese *Zoohandlung* bringen, um mich zu verkaufen?«

Marvin machte ein erschrockenes Gesicht. »Das haben die beiden vor?«

»Sie haben es gesagt«, bestätigte Norg. »Was ist eine Zoohandlung?«

»Das sieht den beiden ähnlich«, grollte Marvin, ohne seine Frage zu beantworten. »Da finden sie etwas wie dich und ... und denken nur daran, es zu *verkaufen*! Ich wusste ja, dass sie nicht die Hellsten sind, aber ich hätte nicht gedacht, dass sie *so* dumm sind!« Er seufzte. »Aber es ist gut, dass du mich daran erinnerst. Die beiden kommen bestimmt bald zurück. Wir müssen von hier verschwinden.«

»Ich fürchte, das kann ich nicht«, sagte Norg kleinlaut.

Marvin grinste. »Kein Problem«, sagte er. Er stand auf, hob den Käfig ohne sichtbare Mühe in die Höhe und trug ihn zur Tür, wobei er allerdings sehr viel vorsichtiger war als Sven zuvor, so dass Norg diesmal nicht durchgeschüttelt und unsanft hin und her geworfen wurde.

»Wo bringst du mich hin?«, fragte Norg. Er traute diesem großen Stinkfuß immer noch nicht. Nicht ganz, wenigstens.

»Erst mal weg hier«, antwortete Marvin. »Ich habe vorsorglich eine Zange eingesteckt, aber ich denke, ich werde sie gar nicht brauchen, um den Käfig aufzubekommen. Trotzdem erledigen wir das besser draußen. Sven und Ulli können jeden Moment zurückkommen und es wäre wahrscheinlich nicht sehr klug, dann noch hier zu sein.«

Der Meinung war Norg auch. Er sagte nichts mehr, während Marvin den Käfig aus dem Haus trug. Sorgfältig löschte dieser das Licht und schloss die Tür hinter sich, wahrscheinlich, damit Ulli und Sven nicht schon von weitem sahen, dass hier etwas nicht stimmte.

Dann drehte er sich einmal im Kreis und sah sich dabei unschlüssig um. »Und wohin jetzt?«, fragte er.

»Ich weiß nicht genau, wo wir sind«, gestand Norg. »Die beiden Stinkfüße haben mich am Waldrand gefangen.«

Marvin blinzelte. »Stinkfüße?«

»Sven und Ulli«, erklärte Norg. »Stinkfüße eben.«

Plötzlich grinste Marvin wieder. »So nennt ihr uns?«

»Wie denn sonst?«, wunderte sich Norg. »Heißt ihr denn nicht so?«

»Nicht ... unbedingt«, entgegnete Marvin grinsend. »Obwohl es auf den einen oder anderen durchaus zutrifft.«

Er wurde schlagartig ernst und hob den Kopf. »Da kommt jemand«, sagte er erschrocken. »Nichts wie weg!«

Norg kam nicht dazu zu antworten, denn Marvin fuhr auf der Stelle herum und rannte in einem Tempo los, dass es ihm nicht nur den Atem verschlug, sondern er sich auch mit aller Kraft an den Gitterstäben festklammern musste, um nicht wild in seinem Käfig hin und her geworfen zu werden. Er versuchte trotzdem etwas von seiner Umgebung zu erkennen, aber er sah eigentlich nicht mehr als riesige kantige Schatten – die Höhlen der Stinkfüße, wie er vermutete. Viele waren beleuchtet und er hörte eine Vielzahl meistenteils unheimlicher Laute.

Nach etlichen Dutzend Schritten blieb Marvin wieder stehen und lauschte angestrengt. »Ich glaube,

sie sind weg«, sagte er schließlich. »Aber sicher ist sicher. Ich bringe dich gleich zum Waldrand.«

»Und dann?«, fragte Norg.

»Was meinst du damit?«

»Du willst mich wirklich freilassen?«

Marvin antwortete nicht sofort, sondern ging langsamer weiter. »Du klingst, als ob du mir nicht glaubst«, sagte er nach einer Weile in sehr nachdenklichem, aber auch etwas traurigem Ton.

Norg zog es vor, darauf nicht zu antworten.

»Ich verstehe«, seufzte Marvin. »Du traust mir nicht. Ich schätze, ihr habt schlechte Erfahrungen mit Menschen gemacht.«

»Menschen?«

»So nennen wir uns«, erklärte Marvin. »Ich finde, das klingt netter als Stinkfüße. Ihr habt Angst vor uns, wie?«

»Weiß nicht«, antwortete Norg ausweichend. »Ehrlich gesagt glauben die meisten von uns gar nicht, dass es euch gibt.«

»Ihr *glaubt* nicht an uns?«, ächzte Marvin. Er lachte, auch wenn Norg nicht so ganz verstand, warum.

»Viele nicht«, gestand Norg. »Die Alten erzählen

manchmal von euch, aber … aber eigentlich denken die meisten von uns, dass ihr nur Märchenfiguren seid.«

Diesmal lachte Marvin laut auf.

»Was ist daran so komisch?«, fragte Norg.

»Gar nichts«, gestand Marvin immer noch lachend. »Nur dass es bei uns ganz genauso ist.«

»Was soll das heißen?«

»Meine Großmutter hat mir von euch erzählt«, antwortete Marvin. »Es gibt eine Menge Geschichten über euch, weißt du? Über Feen, Kobolde, Zwerge, Elfen – und natürlich Zwölfen«, beeilte er sich hinzuzufügen. »Es gibt Bücher und Filme über euch. Aber eigentlich glaubt niemand, dass es euch wirklich gibt. Vor einer Stunde habe ich es ja selbst noch nicht geglaubt.«

Sie näherten sich jetzt dem Waldrand. Der Himmel war bewölkt und der Mond war nur eine haardünne Sichel, die kaum Licht spendete. Außerdem war Norg noch niemals auf dieser Seite des Waldrandes gewesen, so dass er sich hier natürlich nicht auskannte. Aber er konnte den Wald riechen – das frische Grün der Baumwipfel, das sprießende Moos und die Wildblumen, die Kräuter und blühenden

Gräser ... Er atmete so tief und hörbar ein, dass Marvin die Stirn runzelte und in seine Richtung blickte. Erst jetzt, als sie sich der Welt des *Kleinen Volkes* wieder näherten, wurde ihm klar, wie unangenehm es in der Stadt der Stinkfüße gerochen hatte.

Marvin marschierte noch gute fünf Minuten in scharfem Tempo dahin, dann wurde er langsamer, wich vom Weg ab und drang mit einem Getöse in den Wald ein, das noch auf der anderen Seite zu hören sein musste. Norg war ja vorhin schon aufgefallen, wie unbeholfen und tollpatschig diese plumpen Riesen waren, aber nun konnte er nur den Kopf schütteln. Unter Marvins riesigen Füßen zersplitterten Äste und wurden Grashalme und empfindliches Moos zermalmt, und so manches kleine Tier konnte sich nur noch im letzten Moment in Sicherheit bringen. Norgs Miene verdüsterte sich mit jedem Augenblick, aber er zog es vor, nichts zu sagen. Immerhin hatte Marvin ihn gerettet.

Schließlich blieb Marvin stehen, setzte den Käfig behutsam zu Boden und ließ sich in die Hocke sinken. »Weiter kann ich nicht gehen«, sagte er. »Ich müsste längst zu Hause sein, weißt du? Außerdem«, gestand er mit einem verlegenen Grinsen, »habe ich Angst, mich zu verirren.«

Er streckte die Hand aus, legte die Finger an die Gitterstäbe und bog sie ohne sichtbare Anstrengung weit genug auseinander, damit Norg hindurchkriechen konnte.

Norg erschrak, als er das sah. Natürlich hatte er gewusst, dass Menschen stark waren – aber die Gitterstäbe hätten selbst einem wütenden Trollbären standgehalten!

»Eigentlich ist es schade«, sagte Marvin.

»Was?«

»Dass du schon gehen musst«, antwortete Marvin. »Ich hätte mich gerne noch ein bisschen mit dir unterhalten. Aber das geht wohl nicht.«

»Besser nicht«, sagte Norg. Mittlerweile war er ziemlich sicher, dass er Marvin trauen konnte. Der Junge war ganz anders als die beiden anderen Stinkfüße – oder Menschen, wie sie sich selbst nannten. Aber wahrscheinlich konnte er von Glück sagen, dass er dieses Abenteuer mit halbwegs heiler Haut überstanden hatte.

»Und wir werden uns wahrscheinlich auch nicht wiedersehen«, sagte Marvin. Es klang jetzt unverhohlen traurig. Aber er wartete Norgs Antwort gar nicht ab, sondern bog die Gitterstäbe noch ein gutes Stück weiter auseinander und stand auf.

»Nun verschwinde schon«, sagte er. »Bevor die beiden Tölpel am Ende doch noch hier auftauchen.«

Norg versuchte es – und fiel mit einem Schmerzensschrei wieder zurück. Sein rechtes Bein tat so schrecklich weh, dass ihm die Tränen in die Augen schossen.

»Was ist?«, fragte Marvin erschrocken.

»Mein Bein«, wimmerte Norg. Mit beiden Händen umklammerte er sein rechtes Knie.

»Was ist damit?« Marvins Gesicht verdüsterte sich, als er sich an die Szene erinnerte, deren Zeuge er geworden war. »Stimmt ja. Sven hat dich getreten. Ist es gebrochen?«

Norg schniefte die Tränen weg und schüttelte den Kopf. »Nein«, sagte er. »Aber ich fürchte, ich kann nicht laufen.«

Er versuchte es trotzdem noch einmal, aber mit dem gleichen Ergebnis: Sein Bein tat nicht allzu weh, solange er es nicht bewegte, aber wenn er aufzustehen versuchte, knickte es einfach unter ihm weg.

»Dann haben wir ein Problem«, sagte Marvin düster.

»Ja. So ... könnte man es ausdrücken«, gestand Norg.

Marvin überlegte. Dann sagte er in einem Ton, den Norg nicht genau deuten konnte: »Ich schätze, ich muss dich zu deinen Leuten bringen.«

Norg erschrak. Er sollte einen Stinkfuß zur Stadt des *Kleinen Volkes* bringen?

»Unmöglich!«, sagte er sofort.

Marvin grinste. »Dann mach einen besseren Vorschlag.«

Nichts hätte Norg lieber getan. Aber das konnte er nicht.

Und schließlich nickte er.

Welche andere Wahl hatte er schon?

Nachts im Wald

»Pass auf, links!«

Norgs Warnung kam zu spät – oder Marvins Reaktion zu schnell, das kam ganz darauf an, wie man die Sache sah. Das Ergebnis blieb sich jedoch gleich: Der Stinkfuß machte eine (wie er meinte) blitzschnelle Bewegung nach links; er versank platschend bis zum Knie im Wasser des kleinen Sees, vor dem Norg ihn hatte warnen wollen – und dann knallte er auch noch mit dem Kopf gegen den Ast eines Baumes, dessen Krone sich fast bis in die Mitte des Sees erstreckte.

Die Erschütterung war so heftig, dass Norg um ein Haar von seiner Schulter geschleudert worden wäre.

Marvin ließ einen grunzenden Schmerzenslaut hören. Er taumelte zurück und prallte so wuchtig gegen den Stamm desselben Baumes, dass Norg erneut die Balance verlor. Fast wäre er zu Boden gestürzt, hätte er sich nicht im letzten Moment am Kragen der groben Jacke festgehalten. Losgerissene Blätter und trockenes Laub stürzten aus der Baumkrone auf ihn herab. Eine Mausohr-Fledermaus, die es sich im Blätterdach zum Schlafen bequem gemacht hatte, fing ihren Sturz im letzten Moment ab und flatterte schimpfend und mit heftig schlagenden Flügeln davon.

Marvin schien es nicht einmal zu bemerken. Er schüttelte benommen den Kopf und richtete sich dann mit einem so plötzlichen Ruck wieder auf, dass Norg nun endgültig den Halt verlor und mit einem erschrockenen Piepsen an Marvins Seite hinunterglitt. Verzweifelt versuchte er sich irgendwo festzukrallen, doch so grob der Stoff der Jacke ihm auch bisher vorgekommen war – seine Finger fanden keinen Halt daran. Norg sah sich schon mit gebrochenen Gliedern auf dem Boden liegen, doch dann hakte er sich im letzten Moment an Marvins rechter Jackentasche fest. Seine Beine pendelten wild im Nichts, aber er zog sich verbissen in die Höhe.

»Verdammt!«, fluchte Marvin und fuhr mit einem so heftigen Ruck wieder zum See herum, dass Norg in die Höhe und gleich darauf kopfüber in dieselbe Tasche geschleudert wurde, an der er sich gerade festgeklammert hatte.

»Pass doch auf!«, kreischte er erschrocken.

Mühsam rappelte er sich hoch, streckte den Kopf aus der Tasche und rückte seine Mütze zurecht, die ihm in die Stirn gerutscht war. Im nächsten Moment machte Marvin einen tapsigen Schritt, der Norg gnadenlos in die Tasche zurückstampfte, ließ sich in die Hocke sinken und beugte sich vor, so dass Norg regelrecht aus der Tasche hinauskatapultiert wurde, sich anderthalbmal in der Luft überschlug und nach einem wenig eleganten Salto nur eine Armeslänge vom Seeufer entfernt landete. Das weiche Moos nahm dem Aufprall die größte Wucht, aber er war noch immer so hart, dass die Luft mit einem pfeifenden Laut aus seinen Lungen entwich und er einen Moment lang benommen liegen blieb.

Als die bunten Sterne vor seinen Augen verschwanden, war das Allererste, was er sah, das Mausohr. Das kleine Geschöpf saß auf einem Ast hoch über ihm. Es putzte sich die Flügel und sah mit einer Mischung aus Ärger und Schadenfreude auf ihn herab. Natürlich würde es die Geschichte überall herumerzählen, dachte Norg niedergeschlagen. So viel zu seinen Plänen, irgendwann einmal zu den Fliegern zu gehören und somit zu einem Wächter ernannt zu werden. Bei den Mausohren jedenfalls war er unten durch.

Ein sehr viel größeres Gesicht schob sich zwischen ihn und die kleine Fledermaus und blickte missmutig auf ihn herab. »Sehr komisch«, grollte Marvin. »Ich schlage mir fast den Schädel ein und du hast nichts anderes im Kopf, als Faxen zu machen!«

»Faxen?«, wiederholte Norg empört. »Hättest du getan, was ich dir gesagt habe, wäre gar nichts passiert!«

»Du hast gesagt, nach links!«, behauptete Marvin. »Und das habe ich jetzt davon!« Er wies anklagend auf seine Stirn, auf der nicht nur eine blutige Schramme zu sehen war, sondern auch eine beginnende Schwellung, die spätestens am nächsten Morgen zu einer gewaltigen Beule werden würde.

Den Ast, gegen den Marvin geknallt war, hatte Norg tatsächlich nicht gesehen. Wer rechnete auch schon mit einem Hindernis in *dieser* Höhe? Norg zog es jedenfalls vor, darauf erst gar nicht einzugehen. »Ich habe gesagt: Pass auf, links!«, antwortete er patzig. »Nicht: *Geh nach links!*«

»Ich habe es aber ganz deutlich gehört«, behauptete Marvin und rieb sich den Schädel.

»Ich hab's aber nicht so gesagt«, beharrte Norg. »Ich wollte dich nur vor dem See warnen.«

»Was für ein *See*?« Marvin sah sich stirnrunzelnd um. Das Mausohr folgte seiner Bewegung mit aufmerksamen Blicken, schwang sich dann in die Luft und verschwand mit lautlosen Flügelschlägen in der Nacht. Marvin hob kurz den Kopf und suchte den Himmel über sich ab, drehte sich dann aber wieder zu Norg um. Der glaubte nicht, dass Marvin das Mausohr gesehen hatte. Trotz ihrer Größe waren die Stinkfüße nicht nur unglaublich tölpelhaft, sondern auch so gut wie taub und blind. Norg fragte sich, wie dieses Volk überhaupt überleben konnte.

»Was für ein See?«, wiederholte Marvin noch einmal und beantwortete seine Frage dann gleich selbst, indem er an Norg vorbeideutete und sagte: »Du meinst doch nicht etwa diese lächerliche Pfütze?«

Norg zog eine Grimasse, sagte aber nichts mehr, sondern stemmte sich vorsichtig in die Höhe. Sein Bein tat immer noch weh, aber er konnte wenigstens aus eigener Kraft stehen. Trotzdem glaubte er nicht, dass er es ohne Hilfe bis nach Hause schaffen würde.

Aufmerksam sah er sich um. Die Nacht war sehr dunkel, selbst für seine empfindlichen Augen. Es stand kein Mond am Himmel, und seit sie den Wald betreten hatten, waren Wolken aufgezogen, so dass er nicht mehr allzu viel sah. Der Stinkfuß, so nahm er jedenfalls an, musste so gut wie blind sein. Immerhin hatte er einen kompletten See übersehen – auch wenn er behauptete, es wäre nur eine Pfütze.

»So ein Mist!«, schimpfte Marvin. Er ließ sich auf die Knie fallen, dass der ganze Wald zu beben schien, beugte sich vor und stützte sich mit der linken Hand am Seeufer ab. Den anderen Arm tauchte er ohne Vorwarnung bis über den Ellbogen ins Wasser, so dass eine kniehohe Welle über das Ufer schwappte und Norg sich mit einem hastigen Satz in Sicherheit bringen musste, um nicht durchnässt zu werden. Irgendetwas Dunkles, das sie bisher aus glitzernden Augen aus der Finsternis heraus beobachtet hatte, huschte lautlos davon.

»So eine verdammte Schweinerei!«, fluchte Marvin. »Jetzt sieh dir das an!« Er zog einen Schuh aus dem Wasser, der offensichtlich im Schlamm des Seegrundes stecken geblieben war, und drehte ihn herum. Ein wahrer Wasserfall ergoss sich aus dem Schuh und platschte ins Wasser, und diesmal sprang Norg nicht schnell genug zur Seite.

Marvin grinste schadenfroh, blickte eine Sekunde lang auf den tropfnassen Norg vor sich herab und zog dann seinen patschnassen Schuh an. Es gab einen hörbaren, quietschenden Laut. Aus Marvins hämischem Grinsen wurde eine Grimasse.

»Prima«, maulte er. »Jetzt kriege ich zu allem Überfluss auch noch eine Erkältung.«

Er ließ sich ächzend neben Norg zu Boden sinken, zog die Knie an den Körper und schlüpfte wieder aus dem Schuh, den er gerade erst angezogen hatte.

Er zog ihn und auch seinen nassen Strumpf aus – als er es tat, wurde Norg schlagartig klar, warum die Menschen beim *Kleinen Volk* einen anderen Namen hatten –, hielt ihn mit beiden Händen über den See und wrang ihn aus.

»Ist es noch weit?«, fragte er nach einer Weile.

Norg antwortete nicht gleich. Die ehrliche Antwort auf diese Frage wäre *Nein* gewesen. Unter normalen Umständen hätte er wahrscheinlich nicht länger als eine halbe Stunde gebraucht, um die Stadt des *Kleinen Volkes* zu erreichen. Aber sein Bein tat immer noch ziemlich weh und dazu kam die Erinnerung an den unheimlichen Schatten, den er gesehen hatte. Irgendetwas war in ihrer Nähe. Etwas Gefährliches.

»Ein bisschen«, antwortete er ausweichend.

Marvin runzelte die Stirn. »Du willst es mir nicht sagen«, vermutete er dann.

Norg schwieg.

»Das kann ich sogar verstehen«, fuhr Marvin fort, während er ächzend und so umständlich in seinen nassen Strumpf schlüpfte, dass Norg fast aufgelacht hätte. »Ich nehme an, dass ihr euer Geheimnis eifersüchtig hütet.«

»Eifersüchtig?« Norg wusste nicht genau, was dieses Wort bedeutete.

»Niemand darf erfahren, dass es euch gibt«, erklärte Marvin. »Und natürlich darf niemand erfahren, wo ihr lebt.«

Das war nicht unbedingt die Wahrheit. Es war eher so, dass es dem *Kleinen Volk* im Großen und Ganzen mit den Stinkfüßen so erging wie den Menschen umgekehrt mit den Elfen, Zwergen und Kobolden – sie glaubten nicht wirklich daran, dass es sie gab.

Als Norg noch immer nicht antwortete, zog Marvin auch noch seinen Schuh an, stand auf und fuhr fort: »Du wirst Ärger bekommen, weil du mir euer Geheimnis verraten hast.«

»Nein«, antwortete Norg hastig. »Aber du – weil du so spät nach Hause kommst.«

Marvin zuckte die Schultern. »Solange ich Sven und Ulli nicht über den Weg laufe ...« Er grinste. »So ein bisschen Ärger ist es mir schon wert, einen echten Zwerg kennengelernt zu haben.«

»*Zwerg?!*«, ereiferte sich Norg. »Ich bin kein *Zwerg*!«

»Ein Zwölf, entschuldige«, sagte Marvin grinsend.

»Zwerge sind riesengroße Tölpel, die unter der Erde leben und dauernd schlecht gelaunt sind!«, belehrte ihn Norg.

»Bei uns stehen sie meistens in Vorgärten und sind einfach nur langweilig«, sagte Marvin – was Norg noch viel weniger verstand.

Der Junge ließ sich in die Hocke sinken, streckte die Hand aus und machte eine auffordernde Bewegung. »Wenn dir meine Jackentasche nicht zu unbequem ist, bleibst du besser da drin, bevor du wieder runterfällst und dir am Ende richtig wehtust.«

Das war schon fast unverschämt, dachte Norg. Er war nicht *heruntergefallen*, Marvin hatte ihn abgeworfen wie ein Rebhuhn seinen Reiter. Er setzte dazu an, dem Stinkfuß die Antwort zu geben, die ihm zustand, aber dann hörte er abermals ein Rascheln im Unterholz und fuhr erschrocken herum.

Ein Paar schmaler, in unheimlichem Orange glühender Augen starrte ihn an. Norg konnte nicht genau erkennen, wem diese Augen gehörten – er sah nur das Blitzen nadelspitzer Zähne und hörte das unheimliche Geräusch, mit dem sich rasiermesserscharfe Krallen in den Boden gruben. Ein eiskalter Schauer lief ihm über den Rücken, als sich der Wind

drehte und strenger Raubtiergestank an seine Nase drang.

»Was ist?«, fragte Marvin alarmiert.

Norg antwortete nicht, sondern starrte mit klopfendem Herzen in die Dunkelheit. Er konnte noch immer nicht mehr als einen struppigen Umriss erkennen, aber er war jetzt sicher, dass es sich um ein wirklich gefährliches Raubtier handelte: ein Wiesel oder ein Frettchen; vielleicht sogar einen Dachs. All diese Ungeheuer stellten normalerweise keine ernst zu nehmende Gefahr für jemanden vom *Kleinen Volk* dar. Aber durcheinander, erschöpft und noch dazu verletzt, wie Norg nun einmal war, gab er wahrscheinlich einen willkommenen Leckerbissen für den Vielfraß ab.

»Nichts«, sagte Norg mit einiger Verspätung. Ein bisschen zu hastig drehte er sich herum, kletterte an Marvins Arm empor und ließ sich in die gleiche Tasche gleiten, aus der er vor ein paar Minuten erst herausgefallen war.

Marvin blickte noch einen Moment aus misstrauisch zusammengekniffenen Augen in die gleiche Richtung, in die auch Norg gerade gesehen hatte, aber dann zuckte er mit den Schultern, drehte sich herum und ging mit zwei, drei riesigen Schritten um den See herum. Unter seinen Schuhen zerbarsten Äste und eine ganze Käferfamilie huschte im letzten Moment unter einem Blatt hervor, unter dem sie geschlafen hatte, und rannte schimpfend davon.

Norg räusperte sich auffällig. »Vielleicht könntest du ja ... ein bisschen vorsichtiger sein«, schlug er vor.

»Vorsichtiger?« Marvin schien gar nicht zu verstehen, was er meinte.

»Du hättest gerade fast eine ganze Familie ausgerottet«, sagte Norg. »Außerdem trampelst du eine Bresche in den Wald, die erst in einem Jahr wieder zuwächst.«

»Aber ich bin doch vorsichtig!«, protestierte Marvin.

»Vorsichtig!«, ächzte Norg. »Du trampelst herum wie ein wild gewordener Trollbär!«

»Ich nehme an, das bedeutet ungefähr so viel wie der Elefant im Porzellanladen«, vermutete Marvin.

Norg gab auf. Irgendwie war es, als ob sie zwei verschiedene Sprachen sprachen; die Worte waren zwar gleich, aber es gab einfach zu viele Begriffe, die dem anderen nichts sagten.

Vielleicht wurde Norg in diesem Moment zum ersten Mal wirklich klar, *wie* unterschiedlich die Welten waren, in denen sie beide lebten – und das, obwohl sie nicht einmal besonders weit voneinander entfernt waren.

Immerhin gab sich Marvin von nun an Mühe, bei seinem Weg durch den Wald nicht mehr allzu viel Schaden anzurichten – wobei allerdings mehr der gute Wille als das Ergebnis zählte.

»Am Brombeerwald nach links«, sagte Norg nach einer Weile. Er konnte sich nicht verkneifen hinzuzufügen: »Du weißt, wo links ist, ja?«

»Ich versuche mich zu erinnern«, antwortete Marvin säuerlich. »Außerdem sehe ich keinen Brombeerwald.«

»Noch zwei Schritte und du stehst mittendrin«, sagte Norg.

Marvin blieb stehen, senkte den Blick und grinste wieder. »Ach, du meinst dieses kleine Gebüsch?«

»Du bist ein ganz schöner Angeber«, sagte Norg. »Du bist groß – na und? Größe allein bedeutet noch gar nichts.«

»Aber manchmal ist sie ganz nützlich«, fügte Marvin fröhlich hinzu. Dann trat er mit einem einzigen Schritt über den Brombeerstrauch hinweg, statt mühsam drum herumzugehen, grinste noch breiter – und fiel der Länge nach hin.

Der Boden auf dieser Seite des Brombeerwaldes lag einen guten halben Meter tiefer als auf der anderen.

Norg flog schon wieder aus seiner Tasche. Diesmal landete er aber fast sanft auf dem weichen Moos und war schon wieder auf den Füßen, während Marvin noch damit beschäftigt war, sich benommen hochzustemmen und Gras und kleine Erdklumpen auszuspucken.

»Stimmt«, sagte Norg. »Aber manchmal hat sie auch Nachteile. Man fällt ziemlich tief.«

Beim Kleinen Volk

Auch wenn es Norg im Nachhinein fast wie ein Wunder vorkam, dass sie es überhaupt geschafft hatten, erreichten sie einige Zeit später die große Buche, in deren Wipfel Norgs Nest lag. Marvin ließ sich in die Hocke sinken, setzte ihn vorsichtig zu Boden und richtete sich dann mit einem Ächzen wieder auf, das noch auf der anderen Seite des Waldes zu hören sein musste. Er sah sich um. Er wirkte unschlüssig und aus irgendeinem Grund ein bisschen enttäuscht.

»Sind wir da?«, fragte er.

Norg deutete in das dichte Blätterdach der Buche hinauf. »Hier wohne ich.«

Marvin legte den Kopf in den Nacken und blinzelte in die Richtung, in die Norgs Hand wies, aber auf seinem Gesicht erschien kein Erkennen. Er sah einfach nur ratlos aus. »Es ist niemand da, wie?«, murmelte er. »Ich meine, die anderen.«

Norg schüttelte nur den Kopf. Zumindest ein paar der anderen waren da. Er konnte sie weder hören noch sehen, denn das *Kleine Volk* war ein Meister der Tarnung, aber er konnte ihre Anwesenheit ganz deutlich spüren. Natürlich hatten sie sich versteckt, als sie hörten, wie der Stinkfuß wie eine lebende Lawine herangewalzt kam.

»Das ist also eure Stadt«, sagte Marvin noch einmal. »Irgendwie hatte ich sie mir ... anders vorgestellt. Es sieht hier aus wie überall im Wald.«

Statt zu antworten, sah Norg zu der breiten Schneise aus niedergetrampeltem Moos, abgeknickten Gräsern und zerbrochenen Ästen zurück, die Marvins Spur markierte.

Marvin blickte in die gleiche Richtung und zu Norgs Überraschung schien er sogar zu verstehen, was Norg meinte, denn er sah plötzlich ein bisschen schuldbewusst aus. »Ja, dann ... muss ich jetzt wohl gehen«, sagte er zögernd.

Norg schwieg noch immer. Es war seltsam: Noch vor einer Stunde hatte er Angst vor diesem riesigen, tölpelhaften Jungen gehabt und auf dem Weg hierher hatten sie sich praktisch ununterbrochen gezankt – aber jetzt tat es ihm fast leid, dass Marvin wieder gehen musste.

»Ich ... kann die anderen wohl nicht sehen?«, fragte Marvin zögernd.

»Besser nicht«, sagte Norg. Er begann unbehaglich von einem Fuß auf den anderen zu treten. »Ist besser, wenn sie nicht wissen, dass du hier bist.«

»Ich verstehe«, murmelte Marvin. Er wirkte enttäuscht. »Na, dann ... werde ich jetzt mal gehen.«

»Hm«, machte Norg. Er musste plötzlich wieder an die unheimlichen, glühenden Augen denken, die ihn aus der Dunkelheit heraus angestarrt hatten, und überlegte einen Moment, ob er Marvin entsprechend warnen sollte, entschied sich aber dann dagegen. Was immer es gewesen war – es stellte für den riesigen Stinkfuß ganz bestimmt keine Gefahr dar.

»Ob wir uns wohl irgendwann wiedersehen?«, fragte Marvin.

»Lieber nicht«, sagte Norg. »Und ... und es wäre auch gut, wenn ... wenn ...«

»Wenn ich niemandem von euch erzählen würde«, sagte Marvin, als Norg nicht weitersprach. »Ich verstehe.« Er lächelte flüchtig. »Das würde mir sowieso niemand glauben.«

»Ich bin dir trotzdem sehr dankbar, dass du mich gerettet hast«, sagte Norg ehrlich. »Allein wäre ich den beiden niemals entkommen. Aber du musst jetzt wirklich gehen.«

»Es ist spät, ich weiß.« Marvin nickte, machte aber keine Bewegung, um zu gehen. »Es ... gibt da nur ein Problem.«

»So?«

Etwas raschelte im Gebüsch hinter Marvin. Vielleicht einer vom *Kleinen Volk*, der so unvorsichtig gewesen war, ein verräterisches Geräusch zu machen, vielleicht aber auch etwas Großes, Struppiges mit orangeroten Augen und spitzen Zähnen.

Marvin druckste einen Moment herum. »Ich ... fürchte, ich habe mich verirrt«, gestand er schließlich. »Ich war noch nie so tief im Wald. Außerdem ist es stockdunkel.«

Im ersten Moment war Norg vollkommen fassungslos. Verirrt? Aber wie konnte man sich denn im Wald verirren? Verirren konnte man sich vielleicht in der Stadt der Stinkfüße mit ihren riesigen, plumpen Häusern, die alle gleich aussahen und so weit auseinander standen, dass man kaum von einem zum anderen sehen konnte. Aber doch nicht im Wald! Jeder Baum sah anders aus, jede Wildblume stand an einer bestimmten Stelle, jeder Busch und jedes Mauseloch wiesen einem den richtigen Weg!

»Wenn ich laufen könnte ...«, begann Norg in bedauerndem Tonfall.

»Würdest du mich zum Waldrand zurückbringen, ich weiß«, sagte Marvin. »Aber dann wäre ich gar nicht hier, nicht wahr?«

»Das stimmt«, sagte Norg. »Aber es ist ganz einfach. Du gehst bis zum kleinen See, dann am Mauseloch nach links, bis du zum Farnwäldchen kommst. Beim Baum der Eichelhäher biegst du nach rechts ab und gehst geradeaus bis zum Fuchsbau. Ganz in der Nähe lebt eine Hasenfamilie, an deren Bau du wieder nach rechts abbiegst und weitergehst, bis du das alte Rotkehlchennest findest. Das mit den zwei Eiern, die niemals ausgebrütet worden sind. Von dort aus geht es ein ganzes Stück geradeaus bis zum Wildblumental und dann am aufgegebenen Spinnennetz –«

Er brach ab, als er Marvins Gesichtsausdruck bemerkte. »Geh einfach nach Osten«, sagte er. »Auf diese Weise kommst du zum Waldrand.«

Marvin wirkte aus irgendeinem Grund sehr erleichtert. Aber dann fragte er: »Und wo genau ist Osten?«

Norg riss ungläubig die Augen auf. Einen Moment lang fragte er sich ernsthaft, ob Marvin ihn veralbern wollte. *Jeder* wusste, wo Norden, Süden, Osten und Westen waren! Aber als er in Marvins Gesicht blickte, begriff er, dass der Stinkfuß diese Frage todernst gemeint hatte.

»Also gut«, sagte er seufzend. »Siehst du das Moos, das an den Bäumen wächst? Geh immer so, dass du es im Rücken hast. Auf diese Weise kommst du ganz von selbst zum Waldrand.«

Marvin sah ihn noch etliche Atemzüge lang mit sonderbarem Ausdruck an und Norg spürte ganz genau, dass ihm noch tausend Fragen auf der Seele lagen, die er am liebsten alle auf einmal gestellt hätte. Dann aber zuckte er die Schultern, drehte sich mit einem ergebenen Seufzen um und verschwand in die gleiche Richtung, aus der er gekommen war.

Norg sah ihm nach, bis sein Schatten mit denen der Nacht verschmolzen war. Seine Schritte und das Zersplittern von Holz waren noch viel länger zu hören; begleitet von einem ganzen Chor wütender Schimpftiraden, mit denen kleine und nicht ganz so kleine Tiere aus der Nähe des stampfenden Riesen flohen.

Als Norg sich herumdrehte, stand Langnase hinter ihm. Obwohl er einen guten Kopf größer als Norg und um etliches schwerer war, war er vollkommen lautlos hinter ihm aufgetaucht. Er wirkte halb erschrocken, halb aber auch verwirrt – und ein bisschen neugierig, auch wenn er sich alle Mühe gab, es sich nicht anmerken zu lassen.

»Was war das?«, fragte er. »Was, bei der Großen Eule, war das für ein Ungetüm?!«

Bevor Norg antworten konnte, raschelte es hinter ihm im Laub und Kurznase trat hervor. Damit hatte Norg gerechnet. Obwohl die beiden so unterschiedlich waren, wie man es sich nur denken konnte, waren sie fast immer zusammen.

»Das würde mich allerdings auch interessieren«, piepste er. Er reichte Norg gerade bis zum Gürtel und war so dürr, dass man meinen konnte, schon der Luftzug eines schlagenden Elfenflügels müsste ihn umpusten – was ihn aber nicht daran hinderte, der unverschämteste Kerl zu sein, den Norg jemals getroffen hatte. Aber die Kleinsten waren ja oft die Frechsten.

»Das war ein –«, begann Norg, besann sich dann aber eines Besseren und sagte: »Das war Marvin.«

»Marvin, so«, sagte Langnase. »Und was ist ein Marvin?«

»Ein netter Kerl«, antwortete Norg achselzuckend und in möglichst beiläufigem Ton. »Ein bisschen groß vielleicht und ehrlich gesagt ist er auch ein wenig ungeschickt, aber sonst ist er ganz in Ordnung. Ich hab ihn zufällig vorhin im Wald getroffen.«

»Zufällig?«, kreischte Kurznase. »Wie kann man etwas von der Größe eines Berges *zufällig* treffen?«

»Das frage ich mich auch«, pflichtete ihm Langnase bei. In seinen Augen blitzte es misstrauisch.

Das dichte Farngestrüpp am Fuß der Buche teilte sich und die alte Yorla und zwei oder drei weitere, noch zerknautschter aussehende Elfenweiber traten hervor. Nur einen Augenblick später rauschte es in der Luft und Plix kam auf seinem Mausohr angeflo-

gen – und als wäre das noch nicht genug, begann es plötzlich überall ringsum zu summen und zu surren. Mindestens ein Dutzend Elfenkinder flogen auf sirrenden, fast durchsichtigen Flügeln über sie hinweg; manche davon kaum größer als Norgs Arm.

Am liebsten wäre er im Boden versunken. War denn das gesamte *Kleine Volk* erschienen, um ihn zu verhören?

Aber was hatte er erwartet? Schließlich hatte Marvin genug Lärm gemacht, um den ganzen Wald zu alarmieren.

»Also?«, fragte Langnase noch einmal und jetzt in eindeutig herrischem Ton.

Norg ärgerte das. Nur weil Langnase zu den Größten des *Kleinen Volkes* gehörte, gab ihm das eigentlich nicht das Recht, sich bei jeder Gelegenheit als Anführer aufzuspielen. Er sagte gar nichts mehr.

Schließlich war es die alte Yorla, die das immer unbehaglicher werdende Schweigen brach. »Das war kein Marvin«, sagte sie. »Das war ein *Stinkfuß.*«

Wäre ein wütender Marder in diesem Moment vom Himmel gefallen und mitten zwischen ihnen gelandet, hätte der Schrecken kaum größer sein können. Für die Dauer eines Herzschlages wurde es ganz still und mehr als ein Dutzend Augenpaare starrten Norg fassungslos und voller Entsetzen an.

Dann schrien plötzlich alle durcheinander. Die Hälfte der Elfenkinder war wie der Blitz verschwunden, der Rest geriet in Panik und summte und torkelte so wild umher, dass einige von ihnen zusammenstießen und benommen zu Boden fielen. Plix und sein Mausohr schwangen sich flügelschlagend in die Höhe und Kurznase fing an kreischend auf der Stelle zu hüpfen, als hätte ihn eine Biene gestochen. Selbst die drei alten Elfenweiber begannen aufgeregt zu tuscheln. Einzig Langnase und die alte Yorla behielten die Ruhe und sahen ihn nur mit undeutbarem Ausdruck an. Yorla wirkte ein bisschen traurig, auch wenn Norg nicht ganz verstand, warum.

Schließlich fragte Langnase ruhig: »Stimmt das?«

Norg druckste einen Moment herum. »Nein … ja … ich … ich weiß es nicht.«

»Du bringst einen *Stinkfuß* hierher und weißt es nicht?«, kreischte Kurznase. »Du spinnst doch!«

Norg funkelte ihn ärgerlich an, aber er war klug genug, in diesem Moment lieber nichts zu sagen.

»Er hätte uns alle auffressen können!«, schrie Plix aus halber Höhe der Baumwipfel herab und die Elfenkinder begannen zu allem Überfluss nun auch noch wild durcheinanderzuschnattern und zu -piepsen, so dass man sein eigenes Wort nicht mehr verstand.

Langnase sorgte mit einer befehlenden Geste für Ruhe, warf seinem nur halb so großen Bruder einen ärgerlichen Blick zu und wandte sich schließlich wieder an Norg. »Also?«

»Ja«, gestand Norg widerstrebend. »Er ist ein Mensch.«

»Mensch?«

»So nennen sich die Stinkfüße selbst«, erklärte Norg. Hastig fügte er hinzu: »Aber das wusste ich nicht, als ich ihn getroffen habe, ehrlich. Ich ... ich hatte keine Ahnung. Ich wusste ja noch nicht einmal, dass es sie wirklich gibt! Ich meine, ich ... ich dachte, sie wären nur Märchenwesen.«

Er sah dabei in Yorlas Gesicht, aber das alte Elfenweib blickte ihn nur traurig an und drehte sich dann weg.

»Aber als du ihn hierhergebracht hast, da wusstest du, dass es ein Stinkfuß ist«, sagte Langnase. »Das ist sehr ernst.«

Norg nickte. »Ja, aber es war ganz anders. Ich bin –«

Langnase unterbrach ihn. »Wir müssen eine Versammlung einberufen.«

Norg erschrak. »Eine Versammlung?«

So etwas war erst zweimal vorgekommen, solange er lebte!

»Das hier geht das ganze *Kleine Volk* an«, sagte Langnase. Er winkte Plix zu sich herab. »Flieg los und ruf alle zusammen. Sag ihnen, sie sollen sich morgen bei Sonnenuntergang hier einfinden. Und du –«, er wandte sich an Norg, »– gehst in dein Nest und rührst dich nicht von der Stelle, bis wir entschieden haben, was mit dir zu geschehen hat.«

Die Versammlung

Norg war es vorgekommen, als wolle der Tag niemals zu Ende gehen. Wieder war er erst lang nach Sonnenaufgang eingeschlafen und hatte dann schlecht geträumt. Als er pünktlich mit Einbruch der Abenddämmerung wieder wach wurde, hatte er das Gefühl, müder zu sein als am Morgen.

Verschlafen blinzelte er zwischen den Ästen seines Nestes hindurch. Die Sonne stand nicht mehr am Himmel, aber es war auch noch nicht ganz dunkel. Die große Lichtung, an deren Rand die Buche stand, war leer.

Norg schätzte, dass es mindestens noch eine halbe Stunde dauern würde, bis die anderen kamen und die Versammlung abgehalten wurde. Wie beinahe alle Mitglieder des *Kleinen Volkes* zog auch Norg die Nacht dem Tag vor, aber er konnte sich durchaus im Hellen bewegen, auch wenn es ihm unangenehm war. Aber das galt nicht für alle. Die Trolle zum Beispiel *hassten* das Sonnenlicht regelrecht – auch wenn Norg insgeheim der Meinung war, dass sie es wohl eher *fürchteten*.

Die Versammlung würde erst beginnen, wenn es vollständig dunkel geworden war.

Norg sah dem bevorstehenden Ereignis voller Unbehagen entgegen. Er war sich noch immer keiner Schuld bewusst – wenigstens keiner, die groß genug war, um einen Rat des gesamten *Kleinen Volkes* einzuberufen –, aber er hatte den ernsten Ausdruck in Langnases Augen nicht vergessen. Dieser Abend würde nicht lustig werden. Ganz und gar nicht.

Ihm war klar, dass er sowieso keinen Schlaf mehr finden würde. Also konnte er ebenso gut auch nach draußen gehen und nach Langnase oder vielleicht auch der alten Yorla suchen. Er hatte das Gefühl, dass sie von allen hier vielleicht noch diejenige war, die ihn am ehesten verstand.

Er hatte kaum sein Nest verlassen und war auf den Ast hinausgetreten, als eine Stimme über ihm sagte: »Rühr dich bloß nicht von der Stelle!«

Norg fuhr erschrocken herum und legte den Kopf in den Nacken. Der Himmel über ihm war noch immer so hell, dass er blinzeln musste, aber wenn schon nicht das Gesicht, so erkannte er doch die Gestalt und die dazugehörige Stimme: Plix saß auf dem Ast über ihm und baumelte mit den Beinen. Seine Fledermaus hing kopfunter an dem nächsthöheren Ast, hatte die Flügel wie einen Mantel aus dünnem Leder um sich geschlungen und schnarchte leise.

»Ich hoffe, wir haben uns verstanden«, sagte Plix, als Norg nicht antwortete. »Rühr dich nicht oder es geht dir schlecht.«

Norg seufzte. Plix war im Grunde ein netter Kerl, aber seit er zu den Fliegern gegangen war und Langnase ihn zum offiziellen Wächter des *Kleinen Volkes* ernannt hatte – zweifellos aus keinem anderen Grund als dem, ihn los zu sein –, entwickelte er sich zu einer regelrechten Nervensäge.

»Sag bloß, du hast den ganzen Tag da oben gesessen«, sagte er.

»Jede einzelne Minute«, bestätigte Plix mit finsterem Gesicht. Er sah sehr müde aus. Offensichtlich hatte er tatsächlich den ganzen Tag über kein Auge zugetan.

»Aber warum?«, wunderte sich Norg.

»Weil Langnase es gesagt hat«, antwortete Plix. »Ich soll auf dich aufpassen.«

»Aufpassen?« Norg sah sich betont auffällig um. »Aber wieso? Ich habe nicht vor wegzulaufen.«

»Das weiß ich«, antwortete Plix. »Aber Langnase hat es gesagt. Und ich nehme meine Aufgaben ernst. Also bleib, wo du bist, oder es gibt Ärger.«

Plix' Stimme klang vielmehr müde als einschüchternd und außerdem war er fast einen Kopf kleiner als Norg. Trotzdem zuckte der nur mit den Schultern, ohne zu widersprechen. Er hatte für einen Tag mehr Ärger gehabt als genug. Statt sich weiter mit Plix herumzuzanken, machte er es sich auf dem Ast bequem und wartete darauf, dass die anderen kamen.

Sehr lange musste er sich nicht gedulden. Der Himmel über ihm veränderte seine Farbe jetzt immer schneller von Grau zu Schwarz und im gleichen Maße, in dem es dunkler wurde, begann sich die

Lichtung unter ihm mit Gestalten zu füllen. Langnase und sein kleinerer Bruder Kurznase waren die Ersten, die sich aus ihren Verstecken herauswagten, danach kamen Yorla und die anderen Trollweiber, und auch die Elfenkinder erfüllten die Luft wieder mit ihrem nervösen Hin-und-her-Fliegen und Summen. Immer mehr und mehr Angehörige des *Kleinen Volkes* erschienen auf der Lichtung, und als es endgültig dunkel geworden war, mussten es weit über hundert Gestalten sein, die auf dem Platz unter Norg wild durcheinanderschnatterten. Offenbar war tatsächlich das gesamte *Kleine Volk* zusammengekommen; eine Erkenntnis, die Norg alles andere als fröhlich stimmte. Schließlich war niemand anderes als *er* der Grund für die ganze Aufregung.

Endlich legte Langnase den Kopf in den Nacken und winkte ihm zu, und Plix sagte vollkommen überflüssigerweise: »Du kannst jetzt nach unten gehen.«

»Zu gütig«, sagte Norg spöttisch. Er stand auf. »Ach, übrigens, bevor ich es vergesse: In der vergangenen Nacht hat sich irgendetwas ganz hier in der Nähe herumgetrieben.«

»Irgendetwas?« Plix blinzelte misstrauisch.

»Keine Ahnung, was«, antwortete Norg schulterzuckend. »Aber es war ziemlich groß und es hatte eine Menge Zähne und Krallen.« *Das* zumindest vermutete er nur. Er hatte ja außer diesen unheimlichen, glühenden Augen kaum etwas gesehen. Aber er hatte die Gefahr gespürt, die von dem Besitzer dieser schrecklichen orangeroten Augen ausging. Außerdem hatte Plix auf diese Weise etwas, womit er sich beschäftigen konnte.

Noch bevor Plix Gelegenheit fand, eine weitere Frage zu stellen, kletterte Norg mit ebenso schnellen wie geschickten Bewegungen den Baumstamm hinab und trat mit klopfendem Herzen zwischen die anderen.

Das Stimmengemurmel und Getuschel, das bisher wie das Geräusch von Wind in den Baumwipfeln über dem Platz gelegen hatte, verstummte und Norg machte eine neue Erfahrung: nämlich die, wie unangenehm es war, plötzlich im Mittelpunkt der allgemeinen Aufmerksamkeit zu stehen. Selbst die Elfenkinder hörten auf wie betrunkene Glühwürmchen hin und her zu fliegen.

»Wir sind jetzt also alle zusammen«, begann Langnase, zwar direkt an Norg gewandt, aber trotzdem mit erhobener Stimme, so dass alle auf dem Versammlungsplatz seine Worte hören konnten. »Und es ist gut, dass du auch gekommen bist, Norg. Immerhin geht es ja um dein Schicksal.«

Mein Schicksal?, dachte Norg erschrocken. *Aber wieso denn?* Laut sagte er: »Plix hat mich ja nicht weggelassen.«

»Und daran hat er auch gut getan«, fügte Kurznase giftig hinzu.

Langnase warf ihm einen überraschten Blick zu, beließ es aber dann bei einem Stirnrunzeln. Mit lauterer Stimme sagte er: »Die meisten von euch wissen ja bereits, warum wir zusammengekommen sind. Ich fürchte, unser Volk ist in großer Gefahr.«

»Gefahr?«, entfuhr es Norg erschrocken. »Aber … aber wieso denn?«

»Weil ein gewisser Jemand ja unbedingt einen *Stinkfuß* in unser Lager bringen musste!«, sagte Kurznase böse.

Einen Moment lang herrschte fast vollkommene, erschrockene Stille, aber dann redeten und schnatterten plötzlich alle durcheinander. Eine Unruhe brach aus, die an Panik grenzte. Einzig Langnase und die alte Yorla sagten gar nichts und sie rührten sich auch nicht. Aber für die beiden stellte Kurznases Eröffnung ja auch keine Überraschung dar.

Die allgemeine Unruhe hielt noch eine Weile an und Norg spürte, wie sich etwas an der Art der Aufmerksamkeit änderte, die ihm allgemein gezollt wurde. Die Blicke, die ihn jetzt trafen, waren nicht mehr neugierig und überrascht, sondern zornig, einige vielleicht sogar hasserfüllt.

Schließlich sorgte Langnase mit einem scharfen Ruf für Ruhe.

Noch bevor er etwas sagen konnte, teilte sich die Menge vor Norg und eine große struppige Gestalt mit wütend glitzernden Augen, spitzen Zähnen und gefährlich blitzenden Krallen schob sich auf ihn zu.

Tuff!

Norg erschrak bis ins Mark. Er hatte zwar schon vom Baum aus gesehen, dass auch die Trollbären gekommen waren, aber Tuff war von diesen ohnehin gefürchteten Raufbolden und Streithähnen der schlimmste. Abgesehen von den Zwergen gab es niemanden im *Kleinen Volk*, der nicht schon einmal mit Tuffs Fäusten Bekanntschaft gemacht hatte.

»Ist das wahr?«, grollte er.

»Nun ja«, stammelte Norg. »Nein. Oder vielleicht … gewissermaßen … also ich meine …«

Tuff streckte blitzschnell die Pranken aus, packte Norg und riss ihn grob von den Füßen. Norg strampelte hilflos mit den Beinen, aber das schien der Trollbär nicht einmal zu bemerken. »Ob es wahr ist, habe ich gefragt!«, brüllte er.

»Tuff, lass ihn los!«, sagte Langnase streng.

Tuff gehorchte zwar, aber nicht, ohne Norg noch einmal gehörig durchzuschütteln und ihn dann so unvermittelt fallen zu lassen, dass er schmerzhaft auf dem Hinterteil landete.

»Ist das wahr?«, rief nun auch eine andere Stimme, und wieder eine andere fragte: »Aber gibt es die Stinkfüße denn überhaupt?«

Wieder redeten alle wild durcheinander und diesmal musste Langnase mit aller Kraft brüllen, um für Ruhe zu sorgen.

»Ja, es stimmt«, sagte er, nachdem es wieder einigermaßen still geworden war. »Aber er hat es sicher nicht getan, um uns zu schaden.«

»Und?«, grollte Tuff. »Er hat es getan, das allein zählt!«

»Außerdem ... außerdem sind sie gar nicht so schlimm, wie wir immer gedacht haben«, verteidigte sich Norg stockend.

»Du gibst es also zu?«, rief Plix von der Höhe seines Astes herab.

»Bitte!«, sagte Langnase scharf. »Vorwürfe nützen jetzt keinem. Wir müssen beratschlagen, was zu tun ist.«

»Beratschlagen?«, wiederholte Norg fragend.

»Du verstehst den Ernst der Lage nicht«, antwortete Langnase. »Es geht nicht nur darum, dass du diesen einen Stinkfuß hergebracht hast.«

»Marvin ist völlig ungefährlich!«, sagte Norg. »Er hat mich gerettet.«

»Gerettet?«, fragte Kurznase und kniff misstrauisch die Augen zusammen. »Wovor?«

»Vor Sven und Ulli«, antwortete Norg, wobei er sich ein bisschen wunderte, warum er diese Frage stellte – Kurznase hatte die ganze Geschichte doch gestern schon gehört.

»Sven und Ulli?«, wiederholte Kurznase fragend. »Wer soll das sein?«

»Die beiden Stinkfüße, die mich gefangen hatten«, antwortete Norg. Erst als er das siegessichere

Glitzern in Kurznases Augen sah, begriff er, dass er dem kleinen Mistkerl in die Falle getappt war. Am liebsten hätte er sich auf die Zunge gebissen – aber was hätte das schon genutzt?

»Du gibst also zu, dass Stinkfüße gefährlich sind!«, sagte Kurznase triumphierend.

»Menschen«, sagte Norg. »Sie nennen sich Menschen. Und ein paar von ihnen sind böse, das kann ja sein. Aber nicht alle.«

»Ach?«, fragte Kurznase. »Wie viele von ihnen kennst du denn?«

»Nur diese drei«, antwortete Norg – und begriff zu spät, dass er schon wieder einen Fehler gemacht hatte. Vielleicht war es das Beste, wenn er gar nichts mehr sagte.

»Dann kannst du auch nicht beurteilen, wie sie sind«, grollte Tuff. »Stinkfüße sind gefährlich. Sie können das *Kleine Volk* nicht leiden. Sie jagen und töten uns, wo immer sie uns sehen, das weiß jeder!«

»Also ich nicht«, piepste eines der Elfenkinder.

Tuff fletschte drohend die Zähne und wieder brach ein regelrechter Tumult aus, den Langnase nur mit äußerster Mühe besänftigen konnte.

»Genug!«, sagte er scharf. Mit strengem Blick

wandte er sich an Norg. »Du willst nicht verstehen, wie ernst die Lage ist, scheint mir. Wir werden fortgehen müssen. Wir werden unsere Nester und Höhlen aufgeben und in einen anderen Teil des Waldes ziehen müssen, vielleicht sogar in einen anderen Wald. Wir alle sind hier geboren und aufgewachsen, Norg. Wir werden unsere Heimat verlieren.«

»Aber ... aber warum denn?«, stammelte Norg. Aus aufgerissenen Augen starrte er Langnase an. »Das ... das ist doch Unsinn! Ich meine ... Marvin ist in Ordnung. Er ist ein Freund! Ohne ihn wäre ich vielleicht schon gar nicht mehr am Leben. Er würde uns niemals etwas tun!«

Als Langnase nicht antwortete, wandte er sich Hilfe suchend an die alte Yorla. »Sag doch etwas«, flehte er.

Aber auch das alte Elfenweib schüttelte nur traurig den Kopf. »Langnase hat Recht, weißt du? Unser Geheimnis muss gewahrt bleiben. Wenn die Menschen wüssten, dass es das *Kleine Volk* gibt, dann wäre das unser Ende.«

»Aber sie wissen es doch längst!«, sagte Norg fast verzweifelt. »Marvin hat es mir verraten. Seine Großmutter hat ihm immer von uns erzählt.«

»Aber er hat ihr nicht geglaubt«, sagte Yorla ruhig. »Es hat immer Menschen gegeben, die von der Existenz des *Kleinen Volkes* wussten, aber es waren immer nur wenige. Fast alle glauben, dass wir nur Märchenwesen sind.« Sie lächelte flüchtig. »So wie die meisten von uns glauben, dass es die Menschen nicht wirklich gibt, sondern dass wir Alten sie erfunden haben, um die Kinder zu erschrecken.«

»Aber Marvin –«

»– mag vielleicht vertrauenswürdig sein«, unterbrach ihn Yorla in einem sanften, aber zugleich auch traurigen Ton. »Ich will dir gerne glauben, dass er unser Geheimnis für sich behält. Aber was ist mit den anderen? Sie haben dich gesehen.«

»Aber nur Marvin kennt diesen Platz! Und er würde ihn nie verraten!«, sagte Norg. Ganz abgesehen davon, dass er den Weg hierher niemals finden würde.

»Und wenn die anderen ihn zwingen ihn preiszugeben?«, fragte Langnase. »Oder so lange suchen, bis sie uns gefunden haben?« Er schüttelte den Kopf. »Die Gefahr ist zu groß. Wir verlassen diesen Ort und suchen uns eine neue Heimat, tiefer im Wald, wo wir sicher sind.«

»Und er?« Tuff deutete anklagend auf Norg.

Langnase schwieg einen Moment, und als er schließlich sprach, da klang seine Stimme leise und ebenso traurig wie die Yorlas zuvor. »Es tut mir leid, Norg, aber du wirst uns verlassen müssen.«

»Verlassen?«, murmelte Norg. »Wie ... wie meinst du das?«

»Du hast durch deinen Leichtsinn unser Geheimnis verraten und uns damit alle in große Gefahr gebracht«, antwortete Langnase. »Zur Strafe dafür wirst du aus dem *Kleinen Volk* verstoßen.«

»Verstoßen? Du meinst, ich ... ich ...«

»Du wirst uns noch heute verlassen«, unterbrach ihn Langnase. »Du hast eine Stunde, um dich von deinen Freunden zu verabschieden. Danach werden dich Plix und Tuff bis zum Rande unseres Gebietes begleiten. Du kannst zurückkommen, sobald wir fort sind, aber es ist dir für immer verboten, das *Kleine Volk* zu suchen oder gar bei ihm zu leben.«

Verstoßen

Norg wartete die Stunde nicht ab, die Langnase ihm zugestanden hatte, um sich von seinen Freunden zu verabschieden. Er hatte sehr viele Freunde im *Kleinen Volk*, aber er fühlte sich auch niedergeschlagen und tieftraurig, und außerdem spürte er sehr genau, wie aufgebracht und zornig die meisten anderen waren.

Also zog er es vor, die Lichtung sofort zu verlassen. Später würde er sich irgendwo einen Platz suchen, an dem er in Ruhe nachdenken und Pläne für seine Zukunft machen konnte.

Sie verließen die Lichtung in östlicher Richtung. Plix flog mit seiner Fledermaus fast in Höhe der Baumwipfel voraus, so dass Norg ihn nicht mehr sah, sondern nur ab und zu einen Flügelschlag hörte und ein leises Piepsen, aber Tuff wich keinen Schritt von seiner Seite.

Sie marschierten eine gute Stunde, bis sie das *Verbotene Land* erreichten, dann blieb der Trollbär stehen und wies mit dem Kopf in Richtung Waldrand. »Wir sind da«, grollte er. »Weiter begleite ich dich nicht. Aber ich bleibe hier und passe auf, dass du nicht zurückkommst. Geh schon!«

»Gehen?«, fragte Norg. »Wie … wie meinst du das? Wir sind hier am Waldrand!«

»Eben«, sagte Tuff. »Langnase hat gesagt, dass du das Gebiet des *Kleinen Volkes* verlassen musst. Und der ganze Wald ist unser Gebiet.«

»Aber … aber wo soll ich denn hin?«, stammelte Norg.

Tuff hob gleichmütig die Schultern. »Mir doch egal«, brummte er. »Such dir einen anderen Wald. Oder geh meinetwegen zu deinen neuen Freunden, den Menschen.«

»Aber ich kann nur hier im Wald leben!«, protestierte Norg. »Das weißt du!«

»Das hättest du dir überlegen müssen, bevor du uns alle in Gefahr gebracht hast«, antwortete Tuff.

Er ballte die Hände zu Fäusten und trat drohend einen Schritt auf Norg zu. »Verschwinde jetzt, bevor ich die Geduld verliere!«

Norg zögerte noch einen ganz kurzen Moment, aber dann drehte er sich auf dem Absatz um und lief in Richtung Waldrand los. Tuff lauerte nur auf einen Vorwand, um ihn tüchtig zu verprügeln. Er würde sich einfach irgendwo verstecken und in aller Ruhe abwarten, bis der Trollbär wieder gegangen war.

Allzu weit musste er nicht laufen. Sie waren unweit des kleinen Sees herausgekommen, an dem das Unglück vor zwei Tagen seinen Anfang genommen hatte, und bis zum eigentlichen Waldrand waren es nur noch ein paar Dutzend Schritte. Norg legte sie so rasch zurück, wie er es gerade noch konnte, ohne wirklich zu rennen. Dann blieb er im Schutze eines dichten Farngewächses stehen, um sich noch einmal umzudrehen. Tuff stand auf der anderen Seite des Sees und starrte finster zu ihm herüber. Er machte nicht den Eindruck, als ob er sich so bald von der Stelle rühren würde.

Eine ganze Weile stand Norg einfach da, starrte den Trollbären an und tat sich selber leid. Warum war er nur gestern nicht an genau dieser Stelle umgekehrt und hatte auf die Stimme der Vernunft gehört, statt seiner Neugier nachzugeben – und natürlich auch ein bisschen dem Reiz des Verbotenen? Er hatte nicht nur das gesamte *Kleine Volk* in Gefahr gebracht, sondern auch und vor allem seine eigene Zukunft zerstört.

Vielleicht begriff Norg in diesem Moment erst *wirklich,* was das Urteil bedeutete, das Langnase über ihn gefällt hatte. Was sollte er tun? Wohin sollte er gehen? Und vor allem: Wo sollte er *leben*? Das Urteil war grausam. Norg war hier im Wald geboren und aufgewachsen. Abgesehen von seinem kleinen Ausflug gestern hatte er niemals etwas anderes gesehen und außer Marvin und den beiden anderen Menschen hatte er niemals einen Bewohner der Welt außerhalb des Waldes getroffen.

Norg bedauerte es jetzt, Langnases großzügiges Angebot ausgeschlagen zu haben und so überstürzt aufgebrochen zu sein. Er hätte die Stunde nutzen sollen, um noch einmal mit Yorla und den anderen Trollweibern zu reden. Yorla wusste von allen am meisten über das Leben außerhalb des Waldes. Sie hätte ihm wertvolle Hinweise geben können.

Vielleicht lebenswichtige. Jetzt war er allein, auf sich gestellt und so einsam wie niemals zuvor in seinem Leben.

»Tuff!«, rief er.

Der Trollbär blinzelte misstrauisch in seine Richtung und schwieg.

»Ich weiß, dass du mich hörst«, fuhr Norg fort.

»Was willst du?«, knurrte Tuff.

»Das könnt ihr nicht machen«, antwortete Norg. »Lass mich zurück und noch einmal mit Langnase reden. Ich bin sicher, dass er es sich anders überlegt, wenn ich mit ihm sprechen kann.«

»Kannst du aber nicht«, sagte Tuff patzig.

»Ich will ja nur noch einmal mit ihm sprechen!«, flehte Norg. »Wenn er bei seinem Entschluss bleibt, dann gehe ich freiwillig, das verspreche ich!«

»Nichts da«, sagte Tuff stur.

»Ich könnte einfach hinlaufen«, sagte Norg. »Ich kann schneller rennen als du, das weißt du doch!«

»Versuch's doch«, sagte Tuff streitlustig.

Einen Moment lang dachte Norg ernsthaft darüber nach, genau das zu tun, was er gesagt hatte, nämlich Tuff schlichtweg davonzulaufen. Er wusste, dass er viel schneller rennen konnte als der unbeholfene

Trollbär. Aber Tuff würde danach nur noch zorniger werden und Langnase würde sich bestimmt auch nicht freuen, wenn er unter solchen Umständen bei ihm auftauchte.

»Plix!«, rief er mit nach hinten gelegtem Kopf und so laut er konnte. »Plix, ich weiß, dass du hier irgendwo bist! Ich muss mit dir reden!«

Er bekam keine Antwort und auch das Geräusch der Fledermausflügel, auf das er wartete, kam nicht. Plix war offensichtlich nicht in der Nähe.

»Pech gehabt, wie?«, fragte Tuff hämisch.

Norg überhörte ihn. Dass Plix sich nicht meldete, gefiel ihm nicht. Plix neigte zwar zum Übertreiben – um nicht zu sagen, er war ein hoffnungsloser Angeber –, aber er nahm seine Pflichten auch sehr ernst. Wenn Langnase ihm den Auftrag gegeben hatte, auf ihn achtzugeben, dann würde er es auch tun. Es sei denn, irgendetwas hätte ihn aufgehalten. Norg musste plötzlich wieder an die glühenden Augen denken, die ihn aus der Dunkelheit heraus angestarrt hatten, und ein kalter Schauer lief ihm über den Rücken.

»Plix ist nicht da«, sagte er.

»Und?«, fragte Tuff.

»Er würde nicht einfach so verschwinden«, sagte Norg. »Vielleicht ist ihm etwas zugestoßen.«

»Wahrscheinlich hat er sich verflogen«, sagte Tuff. »Fledermäuse sind nicht die Hellsten, das weiß doch jeder.«

»Ja, gleich hinter Trollbären«, murmelte Norg – wohlweislich so leise, dass Tuff ihn nicht hören konnte. Lauter fügte er hinzu: »Möglicherweise ist ihm etwas passiert. Letzte Nacht hat mich irgendein Ungeheuer verfolgt, weißt du? Ich habe ihm davon erzählt und nun ist er weg.«

»Netter Versuch«, sagte Tuff spöttisch. »Aber wenn du glaubst, dass ich darauf reinfalle, irrst du dich. Ich bleibe hier stehen, bis –«

Das scharfe Knacken eines zerbrechenden Zweiges erklang und Tuff war mitten im Wort wie der Blitz verschwunden.

Auch Norg fuhr erschrocken herum – und konnte sich gerade noch mit einem hastigen Hüpfer in Sicherheit bringen, als sich ein riesiger Fuß auf das Farngestrüpp herabsenkte, in dem er Zuflucht gesucht hatte. Durch die übereilte Bewegung verlor er das Gleichgewicht und fiel der Länge nach hin, rappelte sich aber sofort wieder hoch.

»Norg, ein Glück, dass ich dich gefunden habe!«, sagte Marvin. »Ich laufe schon die halbe Nacht durch die Gegend und suche dich! Ich hatte gehofft, dass du wieder hierherkommst!«

»Was ... was suchst du hier?«, fragte Norg überrascht. »Ich habe dir doch gesagt, dass du nicht wiederkommen sollst, und –«

»Ich muss mit dir reden«, unterbrach ihn Marvin. »Ihr seid in Gefahr! Nicht nur du, sondern alle deine Leute!«

»Der Einzige, der hier in Gefahr ist, bist du, Stinkfuß!« Tuff trat mit gesenktem Kopf und kampflustig erhobenen Fäusten nur ein paar Schritte hinter Marvin aus dem Gebüsch. »Alles nur ein Missverständnis, wie? Marvin ist nicht wie die anderen! Man kann ihm vertrauen! Ha! Ich wusste, dass man dir nicht trauen darf!«

Marvin blinzelte. »Wer ist das?«, fragte er.

Norg wollte antworten, aber Tuff kam ihm zuvor. »Ich bin dein schlimmster Albtraum, Stinkfuß!«, brüllte er. »*Wehr dich!*«

Und damit stürmte er vor, den gefürchteten Kampfschrei der Trollbären auf den Lippen. Seine Fäuste und Fänge blitzten gefährlich. Mit all seiner gewaltigen Kraft und ohne auch nur im Schritt innezuhalten, raste er vorwärts, warf sich gegen Marvin und begann mit den Fäusten auf ihn einzuschlagen.

Marvin taumelte einen halben Schritt zurück – aber nur vor Überraschung. Tuff war selbst für einen Trollbären groß, aber das änderte nichts daran, dass er Marvin gerade einmal bis zum Knie reichte. Seine Fäuste hämmerten, so stark er konnte, gegen Marvins Schienbein.

Norg war nicht sicher, ob der Junge die Schläge überhaupt spürte.

Einige Sekunden lang sah Marvin ziemlich verdattert auf den schnaubenden Trollbären herab, dann beugte er sich vor, ergriff Tuff im Nacken und hob ihn mühelos mit einer Hand in die Höhe. Tuff schäumte vor Wut und schlug mit den Krallen nach Marvins Gesicht, aber Marvin hielt ihn am ausgestreckten Arm so weit von sich weg, dass er ihn nicht traf.

»Och, ist der süß!«, sagte er lächelnd. »Was ist das?«

»*Süß?!*«, kreischte Tuff. »Dir geb ich gleich *süß*! Bereite dich auf den Tod vor, Stinkfuß!«

Er zappelte wie wild in Marvins Griff, spuckte und schlug mit Krallen und Füßen nach ihm, kam ihm aber nicht einmal nahe.

»Das ist Tuff«, antwortete Norg. »Ein Trollbär.«

»Trollbär, so.« Marvin grinste. »Das klingt ja richtig gefährlich.«

»Ich *bin* gefährlich!«, brüllte Tuff und schlug weiter Löcher in die Luft. »Lass mich runter und ich reiße dich in Stücke!«

Marvin seufzte und warf Norg einen fragenden Blick zu. »Ich nehme an, das ist so etwas wie euer größter Krieger?«

»Unser allergrößter«, gestand Norg verlegen. Er seufzte tief. »Lass ihn runter ... bitte.«

Marvin zögerte. »Bist du sicher?«, fragte er. »Ich meine: Er ist ganz schön wütend.«

»Du wirst gleich sehen, *wie* wütend!«, keifte Tuff. »Lass mich los und ich reiße dich in Stücke!«

»Er könnte sich verletzen«, sagte Marvin nachdenklich.

»Du wirst gleich sehen, wer hier wen verletzt!«, brüllte Tuff.

»Lass ihn runter«, bat Norg. »Und du, Tuff – sei vernünftig. Marvin ist nicht unser Feind.«

»Das bin ich wirklich nicht«, versicherte Marvin, nun direkt an den tobenden Trollbären gewandt. »Also gut, Knirps. Versprichst du mir, dich zu benehmen, wenn ich dich loslasse?«

»*Knirps?!*«, kreischte Tuff. »Hast du *Knirps* gesagt?!«

»Das war nicht so gemeint«, sagte Marvin hastig. »Entschuldige. Also, wie ist es? Benimmst du dich, wenn ich dich loslasse?«

»Hm«, grollte Tuff. Immerhin hörte er auf, nach Marvins Gesicht zu schlagen.

»Es ist wirklich wichtig«, sagte Marvin. Er wartete einen Moment vergeblich auf eine Antwort, zuckte schließlich mit den Schultern und setzte Tuff fast behutsam zu Boden.

Der Trollbär entfernte sich eilig ein paar Schritte und funkelte Marvin zornig an, machte aber keinen Versuch, sich noch einmal auf Marvin zu stürzen.

»Das ist also euer größter Krieger?«, vergewisserte sich Marvin.

»Ja«, sagte Norg.

Marvin sah plötzlich sehr besorgt aus. »Dann habt ihr ein Problem«, sagte er.

»Wieso?«, grollte Tuff. »Glaubst du vielleicht, ich hätte Angst vor dir?«

Marvin antwortete nicht, sondern ließ sich in die Hocke sinken und wandte sich wieder an Norg. »Ich bin hergekommen, um dich zu warnen«, sagte er.

»Wovor?«, fragte Norg.

»Sven und Ulli«, antwortete Marvin. »Ich fürchte, sie wissen, wo euer Lager ist.«

»Ha!«, keifte Tuff. »Wusste ich es doch!«

»Woher?«, fragte Norg erschrocken.

»Purzel«, antwortete Marvin.

»Pu... was?«

»Purzel«, sagte Marvin noch einmal. Er lächelte flüchtig. »Er gehört Sven. Ein Dackel. Eigentlich ein drolliger kleiner Kerl, aber unglücklicherweise eben ein Dackel.«

»Und was ist ein ... Dackel?«, fragte Norg zögernd.

»Ein Hund«, erklärte Marvin. »Sie sehen harmlos aus, aber sie sind ganz ausgezeichnete Spürhunde. Ich fürchte, er ist uns vergangene Nacht gefolgt.«

Wieder musste Norg an die glühenden orangeroten Augen denken, die ihn aus der Dunkelheit heraus angestarrt hatten. Wenigstens wusste er jetzt, wem sie gehörten. Auch wenn er noch immer keine Ahnung hatte, was ein *Dackel* überhaupt war…

»Was willst du damit sagen?«, fragte Tuff misstrauisch.

Marvin druckste einen Moment herum. »Hunde sind unheimlich gut darin, Spuren zu riechen«, sagte er. »Und wiederzufinden.«

»Und?«, fragte Norg.

»Ich habe Sven und Ulli belauscht«, antwortete Marvin. »Sie haben den Hund losgelassen und folgen ihm. Anscheinend glauben sie, dass er sie zu dir führen wird. Sie wollen dich immer noch einfangen, weißt du?«

»Aber warum denn?«, fragte Norg. »Ich habe ihnen doch gar nichts getan!«

»Als ob das einen Unterschied macht!« Marvins Gesicht verdüsterte sich. »Alles habe ich nicht herausgefunden. Aber ich glaube, sie haben mit irgendeinem Reporter telefoniert. Sie glauben, dass du ein Alien bist.«

»Ein was?«

»Ein außerirdisches Lebewesen.« Marvin machte eine ungeduldige Geste, um anzudeuten, dass dieses

Thema im Moment nun wirklich keine Rolle spielte. »Egal. Dieser Reporter hat ihnen jedenfalls eine Menge Geld angeboten, wenn sie dich fangen und ihm ausliefern. Also haben sie den Hund losgelassen und folgen ihm, weil sie hoffen, dass er sie direkt zu dir führt.«

Norg starrte ihn an. Sein Herz begann zu klopfen. »Das ... das Ungeheuer, das uns vergangene Nacht gefolgt ist?«, fragte er stockend.

»Ich fürchte«, sagte Marvin.

»Aber ... aber vielleicht ... vielleicht ist er ... ist er mir ja bis zum ... zum Versammlungsplatz gefolgt!«, stammelte Norg.

»Das ist ja gerade das Schlimme«, sagte Marvin. »Ich fürchte, Purzel wird sie nicht zu *dir* bringen.«

»Sondern zum Versammlungsplatz«, fügte Tuff düster hinzu. »Und dort finden sie das gesamte *Kleine Volk*.«

Wo ist Plix?

Marvin wollte sich unverzüglich auf den Weg machen, aber Tuff schüttelte entschieden den Kopf und versperrte Marvin mit kampflustig erhobenen Fäusten den Weg.

»Kommt nicht in Frage«, sagte er grimmig. »Ich bringe dich bestimmt nicht zu unserem Dorf!«

Norg wusste für einen Moment nicht, worüber er mehr staunen sollte: über Tuffs Mut, sich Marvin in den Weg zu stellen, obwohl er gerade am eigenen Leib gespürt hatte, um wie viel stärker der Junge war, oder über seine Dummheit.

»Hast du mir gar nicht zugehört?«, fragte Marvin

ungläubig. »Die beiden wissen wahrscheinlich, wo euer Lager ist. Sie sind vermutlich schon auf dem Weg dorthin! Wir müssen eure Leute warnen!«

»Nichts da«, grollte Tuff. »Du gehst keinen Schritt weiter, oder ...«

»Oder?«, fragte Marvin.

»Tuff, sei vernünftig«, sagte Norg. »Mit den beiden ist nicht zu spaßen, glaub mir. Wir müssen Langnase und die anderen warnen.«

»Dann lauf doch schon mal los«, sagte Tuff stur. »Ich passe inzwischen auf diesen Grobian auf!«

Marvin machte ein Gesicht, als wisse er noch nicht genau, ob er wütend werden oder vor Lachen laut herausplatzen sollte.

Norg versuchte es noch einmal mit Vernunft. »Das dauert doch viel zu lange«, sagte er. »Wir brauchen mindestens eine Stunde. Bis dahin kann es zu spät sein!«

»Ich laufe die Strecke in zehn Minuten«, pflichtete ihm Marvin bei. »Wenn ihr mir den Weg zeigt.«

Tuff wäre nicht Tuff gewesen, hätte er auf ein vernünftiges Argument gehört. Er tat zwar so, als müsse er einen Moment nachdenken, schüttelte aber dann stur den Kopf. »Nichts da. Nur über meine Leiche.«

»Das lässt sich machen«, sagte Marvin. Ohne sonderliche Hast beugte er sich vor, nahm Tuff wie schon einmal im Nacken und klemmte sich den tobenden Trollbären kurzerhand unter den Arm.

Tuff begann Zeter und Mordio zu schreien, boxte mit beiden Fäusten in Marvins Rippen, trat nach ihm und versuchte sogar ihn zu beißen, aber seine Zähne drangen nicht einmal durch den groben Stoff von Marvins Jacke.

»Am besten kommst du auch rauf.« Marvin klopfte auffordernd auf die Jackentasche, in der Norg schon einmal gereist war. »Wenn du im Dunkeln vorausläufst, verliere ich dich am Ende noch. Außerdem geht es schneller.«

Womit er natürlich Recht hatte. Trotzdem zögerte Norg noch einen Moment, der Einladung zu folgen und an Marvins ausgestrecktem Arm hinaufzuklettern. Er hatte keine guten Erinnerungen an die Reise in Marvins Tasche. Dann aber beeilte er sich. Jeder Augenblick zählte.

»Das werdet ihr bereuen!«, keifte Tuff. »Norg, ich werde dafür sorgen, dass du den Rest deines Lebens in den Zwergenminen verbringst, verlass dich drauf!

Zehn Meter unter der Erde! Und du, du großer, ungehobelter Klotz –«

Marvin zog Tuff unter seinem Arm heraus, stopfte ihn kopfunter in seine andere Jackentasche und verdrehte die Augen, sagte aber nichts mehr dazu, sondern schritt nur noch schneller aus.

Norg dirigierte ihn, so vorausschauend wie möglich, konnte aber trotzdem nicht verhindern, dass Marvin mehr als einmal gegen einen Baum oder einen tief hängenden Ast stolperte und er zwei- oder dreimal allen Ernstes befürchtete, dass er stürzen würde. Für Tuff und ihn hätte das möglicherweise ziemlich unangenehme Folgen gehabt.

So wie schon einmal kam er aus dem Staunen über die Ungeschicklichkeit dieser riesigen starken Wesen nicht heraus. Marvin bewegte sich allein durch seine Größe viel schneller, als Norg oder gar Tuff es je gekonnt hätten. Aber er stolperte zugleich auch durch den Wald, als wäre er blind.

Dennoch kamen sie gut voran. Schon nach fünf Minuten hatten sie fast die Hälfte der Strecke zurückgelegt.

Tuff tobte und randalierte die ganze Zeit in Marvins Tasche und plötzlich stieß der Junge einen über-

raschten Schrei aus, riss den Trollbären an den Füßen aus seinem Gefängnis und hielt ihn am ausgestreckten Arm in die Höhe.

»Au!«, beschwerte er sich. »Das kleine Biest hat mich doch tatsächlich gekniffen!« Er grinste jedoch, während er das sagte.

»Gekniffen?«, keifte Tuff. »Dir geb ich gleich *gekniffen*! Ich –«

»Still!«, sagte Norg hastig. »Hört doch!«

Marvin verstummte tatsächlich und legte lauschend den Kopf auf die Seite und selbst Tuff hörte für einen Moment auf zu zetern.

Einige Augenblicke vergingen, dann zuckte Marvin mit den Schultern und sagte: »Also, ich höre nichts.«

»Nicht nur grob, sondern auch noch schwerhörig«, maulte Tuff.

Norg legte nachdrücklich den Finger an seine Lippen. Aus eng zusammengekniffenen Augen blickte er in den Himmel. Er sah nichts Auffälliges, aber nun konnte er ganz deutlich das Schlagen schwerer ledriger Flügel hören.

»Das ist Plix!«, sagte Tuff. »Er kommt zurück.«

»Plix?« Marvin zog die Augenbrauen zusammen. »Wer soll das sein?«

»Du wirst ihn gleich kennenlernen!«, drohte Tuff. »Warte nur, jetzt geht es dir an den Kragen. Und nun *lass mich los*!«

Marvin machte ein fragendes Gesicht, zuckte mit den Schultern – und ließ den Trollbären los. Tuff kreischte vor Schreck, fiel kopfüber zu Boden und blieb einen Moment lang benommen liegen.

»Das wirst du bereuen«, murmelte er, nachdem er sich wieder aufgerappelt hatte. Er sprach ein bisschen undeutlich, weil er den Mund voller Erde und Moos hatte.

Marvin grinste. »Aber du hast doch gesagt, ich soll dich loslassen«, sagte er harmlos.

»Jetzt hört endlich auf, ihr beiden«, seufzte Norg. Zugleich hatte er aber auch Mühe, ein Grinsen zu unterdrücken. Wenn Tuff und Marvin sich nicht vorher gegenseitig umbrachten, dann hatten sie gute Chancen, Freunde zu werden, dachte er.

Das Schlagen der Flügel wurde lauter, dann stürzte ein Schatten vom Himmel und landete genau zwischen Norg und dem Trollbären.

Es war Plix' Fledermaus. Sie sah ziemlich mitgenommen aus und piepste ununterbrochen und aufgeregt. Ihr Fell war zerzaust und Norg konnte die Angst des Tieres geradezu riechen.

»Das ist Plix?«, fragte Marvin überrascht.

»Nein, das ist sein Reittier, Dummkopf!«, giftete Tuff. »Plix ist bei den Fliegern.«

»Plix ist ein Pixi wie ich«, erklärte Norg. »Aber normalerweise reitet er auf ihr.«

»Auf einer *Fledermaus*?«, ächzte Marvin. Er schüttelte den Kopf. »Also allmählich begreife ich, wieso Sven und Ulli so versessen darauf sind, euch zu fangen.«

»Irgendwas stimmt nicht«, sagte Tuff besorgt. »Sieh doch! Ihre Zügel sind zerrissen!«

Das hatte Norg auch schon gesehen – und darüber hinaus eine ganze Anzahl von Kratzern und Schrammen, die den Körper der kleinen Fledermaus übersäten. Als wäre sie grob durch dorniges Gestrüpp geschleift worden.

»Was ist nur passiert?«, murrte Tuff. »Wenn sie uns nur sagen könnte, was Plix zugestoßen ist.«

»Kann sie das nicht?«, wunderte sich Marvin.

»Das ist eine *Fledermaus*«, sagte Tuff betont.

»Ich weiß«, nickte Marvin. »Aber ich dachte, ihr könntet mit den Tieren reden.«

»Mit Tieren reden?!« Tuff schüttelte den Kopf. »Was für ein Unsinn! Niemand kann mit den Tieren reden. So etwas gibt es nur im Märchen.«

»Ach so«, sagte Marvin hilflos.

»Schluss jetzt.« Norg deutete auf die Fledermaus. »Irgendetwas muss passiert sein. Sie würde niemals ohne Plix losfliegen.« Er gestikulierte ungeduldig zu Marvin hoch. »Wir müssen weiter, schnell.«

Marvin warf noch einen unsicheren Blick zu der kleinen Fledermaus hin, zuckte dann wieder einmal mit den Schultern und ließ sich in die Hocke sinken.

Norg kletterte rasch an seinem Arm hinauf, um wieder in seine Tasche zu gelangen, aber Tuff schüttelte stur den Kopf.

»Da geh ich nicht wieder rein«, sagte er.

»Tuff!«, sagte Norg streng. »Wir sind viel zu langsam, wenn du zu Fuß gehst.«

»Das habe ich auch nicht vor«, verkündete der Trollbär. »Lauft schon mal voraus. Ich bin sowieso schneller als ihr.«

Norg stockte der Atem, als ihm klar wurde, was Tuff tun wollte. Und die Fledermaus schien es zumindest zu ahnen, denn sie wirkte plötzlich ziemlich nervös und folgte Tuffs Bewegungen aus misstrauisch funkelnden Augen.

»Aber du kannst doch gar nicht fliegen!«, sagte Norg erschrocken.

»So schwer kann es nicht sein«, antwortete Tuff unwillig. »Plix kann es schließlich auch!«

»So schwer ist es auch nicht«, sagte Norg, »aber du –«

Tuff hatte die Fledermaus erreicht. Das kleine Tierchen hatte wohl im letzten Moment wirklich begriffen, was er im Sinn hatte, denn es versuchte sich mit einem raschen Schritt in Sicherheit zu bringen. Aber so wendig und schnell diese Tiere auch in der Luft waren, so ungeschickt waren sie am Boden. Tuff ergriff sie ohne große Mühe, drehte sie grob herum und sprang auf ihren Rücken. Die Fledermaus piepste erschrocken und fiel mit weit ausgebreiteten Schwingen nach vorne.

»– bist zu schwer«, schloss Norg.

»Oh«, machte Tuff. Er sah ziemlich überrascht aus.

Die Fledermaus piepste kläglich und versuchte sich unter Tuff hervorzuarbeiten, wurde aber von seinem Gewicht regelrecht an den Boden genagelt.

»Vielleicht steigst du mal von der armen Kleinen herunter«, schlug Norg vor. »Bevor du sie noch zu Tode quetschst.«

»Also, ich will mich ja nicht einmischen«, sagte Marvin, »aber habt ihr nicht gerade gesagt, dass wir es eilig haben?«

Damit hatte er leider nur zu Recht! Selbst Tuff schien das einzusehen, denn er stieg eilig von der Fledermaus herunter, und er tat noch ein Übriges und kletterte aus freien Stücken an Marvins Arm hinauf, um in seine Tasche zu kriechen – diesmal allerdings richtig herum. Die Fledermaus piepste erleichtert, schwang sich in die Luft und war wie der Blitz verschwunden.

»Schnell jetzt«, sagte Norg. »Aber sei vorsichtig. Wir sind nicht mehr weit vom Versammlungsplatz entfernt.«

Zu spät

Trotz Norgs Warnung war Marvin das letzte Stück gerannt, um möglichst schnell zum Versammlungsplatz zu kommen.

Dennoch kamen sie zu spät.

Norg sah die Spuren der Verwüstung schon, als sie sich der kleinen Lichtung näherten: Unterholz und Moos waren niedergetrampelt, als wäre ein Wirbelsturm durch den Wald getobt, Äste geknickt und Blumen zermalmt, und am Rande der Lichtung stießen sie auf zwei Paar gewaltiger Fußabdrücke im weichen Boden, in denen sich bereits das Wasser zu sammeln begann.

Der kleine, runde Platz selbst bot einen Anblick vollkommener Verheerung. Der Boden war aufgewühlt und fast aller Pflanzenwuchs zertrampelt. Die beiden unteren Äste der Buche waren abgebrochen.

»Oh verdammt«, murmelte Marvin. »Sieht aus, als kämen wir zu spät.«

Bevor Norg etwas darauf erwidern konnte, stieß Tuff ein erschrockenes Keuchen aus und hüpfte aus Marvins Tasche. Mit zwar unbeholfen wirkenden, aber trotzdem sehr schnellen Bewegungen lief er über die Lichtung, bückte sich und hob etwas auf.

Norgs Herz tat einen erschrockenen Sprung, als er sah, was es war. »Langnase!«, entfuhr es ihm. »Das ist Langnases Mütze!«

Tatsächlich hielt Tuff die braune Zipfelmütze in den Händen, die dem selbst ernannten Anführer des *Kleinen Volkes* gehörte. »Dahinten liegt noch mehr von dem Zeug«, knurrte er. »Es scheint einen ziemlich heftigen Kampf gegeben zu haben.«

»Ja, aber wo sind sie alle?«, fragte Norg.

»Weggelaufen«, antwortete eine dünne Stimme aus der Dunkelheit. Sie kam irgendwo von oben, aber sosehr Norg auch seine Augen anstrengte, es gelang ihm nicht, ihren Besitzer zu entdecken. »Die meisten jedenfalls.«

»Wer ist da?«, fragte Tuff. »Zeig dich! Komm aus deinem Versteck!«

»Das traue ich mich nicht«, antwortete das Stimmchen. »Nicht, solange der Stinkfuß bei euch ist.«

»Er ist ein *Mensch*«, sagte Norg betont, »und er tut dir nichts. Das ist Marvin, von dem ich euch erzählt habe. Er ist ein Freund.«

Etwas raschelte und dann erschien ein Elfenkind im Geäst der Buche, nicht sehr weit von der Stelle entfernt, an der Norgs Nest war.

Kurz darauf zeigten sich ein zweites und ein drittes, und nachdem einige Augenblicke vergangen waren, blinzelten fast ein Dutzend der vorwitzigen kleinen Geschöpfe auf Norg und die beiden anderen herab.

Im Moment wirkten sie allerdings eher ängstlich als vorwitzig. Ihre ohnehin großen Augen schienen noch riesiger geworden zu sein.

»Was ist denn *das*?«, ächzte Marvin.

»Ungeziefer«, sagte Tuff verächtlich.

»Elfenkinder«, fügte Norg hastig hinzu. Gottlob hatten die Elfenkinder Tuffs Bemerkung nicht einmal gehört. Sie waren viel zu sehr damit beschäftigt, Marvin anzustarren.

»Elfenkinder?«, wiederholte Marvin. »Du ... du meinst, das sind junge Elfen?«

»Was für ein Unsinn!«, grollte Tuff. »Lass das nicht die Elfen hören! Wenn sie so etwas ausbrüten würden, würden sie vor Scham glatt sterben.«

Diesmal hatte mindestens eines der Elfenkinder Tuffs Worte gehört. Es drehte sich herum und blinzelte nachdenklich auf den Trollbären hinab. Als Tuff einen Schritt machte, trat er zufällig auf einen unter dem Laub verborgenen Ast, der prompt hochschnellte und ihn schmerzhaft am Schienbein traf.

Tuff fluchte und Norg sagte streng: »Lasst das! Erzählt uns lieber, was passiert ist.«

»Sie waren hier«, antwortete eines der Elfenkinder. »Stinkfüße«, sagte ein zweites und »Eine ganze Armee« fügte ein drittes hinzu.

»Eine ganze Armee?« Marvin sah das winzige Wesen nachdenklich an. »Du meinst: zwei.«

»Ja, genau«, bestätigte das Elfenkind.

»Das ist sinnlos«, erklärte Tuff. »Sie können nicht bis zwei zählen. Alles, was mehr als eins ist, sind *viele* für sie.«

Bevor sich Tuff den Zorn der Elfenkinder endgültig zuziehen konnte, lenkte Norg die Aufmerksamkeit aller hastig wieder auf sich. »Was ist passiert? Erzählt es uns!«

»Sie haben uns überfallen«, piepste eines der Elfenkinder.

»Die Stinkfüße und ein schreckliches Ungeheuer, das bei ihnen war«, sagte ein anderes.

»Es gab einen großen Kampf«, erzählte ein drittes.

»Sie haben sich tapfer gewehrt«, meinte ein viertes und ein fünftes fügte hinzu: »Aber am Schluss haben sie doch verloren.«

»Die meisten sind weggelaufen.«

»Aber viele haben sie auch eingefangen.«

»Eingefangen?«, wiederholte Norg erschrocken. »Wen?«

Die Elfenkinder antworteten reihum: »Langnase.«

»Yorla.«

»Den Leprechaun.«

»Plix.«

»Eine ganze Menge Trollbären.«

»Wahrscheinlich haben sie sich bis zum Schluss gewehrt«, sagte Tuff grimmig.

»Also, eigentlich waren sie die Ersten, die weggelaufen sind«, sagte ein Elfenkind.

»Aber die Stinkfüße haben ein Netz über sie geworfen«, sagte sein Nachbar.

»Und ein paar von uns haben sie auch eingefangen«, sagte ein weiteres Elfenkind.

»Geschieht euch recht«, meinte Tuff.

Norg ahnte, was geschehen würde, und versuchte Tuff noch zu warnen, aber es war zu spät. Tuff trat in ein Loch, das er unter dem Laub übersehen hatte, und fiel der Länge nach hin. Als er sich aufrappelte, funkelte er zornig zu den Elfenkindern hoch.

»Bitte lasst das«, sagte Norg streng. »Dafür haben wir im Moment wirklich keine Zeit!«

Marvin blickte irritiert von ihm zu Tuff und den kichernden Elfenkindern und wieder zurück, aber Norg kam seiner Frage zuvor, indem er sich direkt an das Elfenkind wandte, das Tuff verantwortlich für sein Missgeschick hielt.

»Er hat es nicht so gemeint.«

»Habe ich doch«, knurrte Tuff und zog vorsichtshalber den Kopf ein, was ihm natürlich nichts nutzte. Der Ast, der in diesem Moment rein zufällig vom Baum abbrach, traf ihn zielsicher zwischen den Ohren. Tuff verdrehte die Augen und fiel erneut nach vorne. Diesmal blieb er einen Moment benommen liegen.

»Was ist mit den anderen?«, fragte Norg schnell. »Die, die entkommen sind?«

»Die sind entkommen«, sagte ein Elfenkind.

»Ja, das hilft uns weiter«, seufzte Norg.

Tuff hielt sich vorsichtshalber raus.

»Und wo sind sie hingelaufen?«, fragte Norg mit dem letzten Rest seiner Geduld.

»Dorthin«, riefen die Elfenkinder. Jedes deutete in eine andere Richtung.

»Aha«, seufzte Norg. »Das ist hilfreich. Danke.«

»Wahrscheinlich meinen sie damit, dass sie in alle möglichen Richtungen davongelaufen sind«, vermutete Marvin. Er wandte sich direkt an die Elfenkinder. »Wohin sind die beiden Jungen gelaufen?«

»Jungen?«

»Was soll das sein, ein Jungen?«

»Die Stinkfüße«, sagte Norg hastig.

»Gerade hast du gesagt, sie heißen Menschen.«

Norgs Geduld war nun wirklich nahezu erschöpft. Mit einem Elfenkind zu diskutieren konnte einen schon fast in den Wahnsinn treiben. »Es stimmt beides«, sagte er rasch. Er deutete auf Marvin. »*Er* ist ein Mensch. Die beiden anderen sind Stinkfüße.«

Marvin grinste. »Da ist was dran. Habt ihr also gesehen, in welche Richtung sie gelaufen sind?«

Norg verstand diese Frage nicht ganz. Die Spur der Verwüstung, die Sven und Ulli durch den Wald gebrochen hatten, war nun wirklich nicht zu übersehen.

Sämtliche Elfenkinder deuteten nach Westen.

»Das verstehe ich nicht«, sagte Tuff. »Das ist nicht der Weg zum Waldrand.«

»Aber ich«, sagte Marvin düster. »In dieser Richtung liegt der alte Steinbruch. Ich nehme an, sie wollen sich dort mit dem Reporter treffen. Könnt ihr uns den kürzesten Weg dorthin zeigen?«

Die Elfenkinder deuteten wieder in alle möglichen Richtungen. Das war typisch für Elfenkinder. Natürlich kannte jeder einen anderen Weg und selbstverständlich hielt jeder seinen Weg für den kürzesten.

»Ich kenne den Weg«, sagte Norg. »Aber warum?«

»Warum?«, fragte Marvin stirnrunzelnd. »Wie meinst du das?«

»Wie ich es sage«, erwiderte Norg. »Warum willst du dorthin? Niemand geht je zur großen Schlucht. Dort gibt es nur Sand und Felsen.«

»Und Ulli und Sven und deine Freunde«, fügte Marvin hinzu. »Wir müssen ihnen nach.«

»Wozu?«, fragte Tuff.

Marvin sah nun vollkommen fassungslos aus. »Um sie zu befreien, natürlich.«

»Befreien?«, wiederholte Tuff. »Nur du allein?«

»Ich, du und Norg«, antwortete Marvin. »Und natürlich die Kleinen da oben.«

»Das schaffen wir nie«, sagte Tuff. »Sie sind zu zweit. Kannst du es mit beiden aufnehmen? Und dem Ungeheuer dazu?«

»Ich verstehe«, sagte Marvin. »Ihr wollt mir nicht helfen.«

»Natürlich wollen wir das«, sagte Norg hastig. »Aber Tuff hat leider Recht. Sie sind viel zu stark für uns. Du hast doch schon einmal gegen sie gekämpft und verloren.«

»Für mich allein, ja«, gestand Marvin. »Aber ich bin nicht allein, oder? Wir sind schon drei, und wenn ihr die anderen zusammenruft, dann wird uns schon etwas einfallen.«

Tuff sah nur verwirrt zu ihm hoch und auch Norg verstand nicht ganz, was Marvin mit seinem Vorschlag bezweckte. Wozu sollte das gut sein, alle anderen zu rufen?

»Ich kann natürlich auch allein gehen«, sagte Marvin, nachdem er eine Weile vergebens auf eine Antwort gewartet hatte. »Wenn ihr zu feige seid ...«

»Feige?!«, kreischte Tuff. »Ich geb dir gleich *feige*!«

Norg machte eine rasche, besänftigende Geste. »Tuff hat Recht«, sagte er. »Wir können nichts gegen sie ausrichten. Sie sind viel zu stark.«

»Das ist mir egal«, sagte Marvin grimmig. »Ich werde es wenigstens versuchen. Zeigt ihr mir jetzt den Weg oder nicht?«

»Dort entlang«, piepsten die Elfenkinder im Chor und deuteten nach Norden, Süden, Osten, Westen und ein Dutzend Richtungen dazwischen.

Marvin verdrehte die Augen. »Für euch habe ich eine andere Aufgabe«, sagte er. »Fliegt los und sucht so viele von eurem Volk, wie ihr finden könnt. Sagt ihnen, sie sollen zur Kiesgrube kommen.«

Zwei oder drei der geflügelten kleinen Wesen flogen tatsächlich davon, aber die meisten standen einfach nur da und blickten verwirrt auf Marvin hinab.

»Also gut«, seufzte Marvin. »Dann eben nicht. Norg, führe mich dorthin.«

Ein verwegener Plan

Eine Weile folgten sie der niedergetrampelten Bresche, die die Richtung markierte, die Sven und Ulli genommen hatten. Dann aber bedeutete Norg Marvin mit Gesten, nach links und ins dichtere Unterholz auszuweichen.

Marvin sah ihn fragend an und wirkte nicht besonders überzeugt, gehorchte aber. Er musste sich seinen Weg nun gewaltsam durch Gestrüpp und Farnkräuter bahnen.

Auf diese Weise schlugen sie nicht nur eine weitere Wunde in den Wald, die mindestens ein Jahr brauchen würde, um wieder zu verheilen, sie kamen auch wesentlich langsamer vorwärts. Trotzdem war Norg sicher, dass sie den großen Abgrund vor den beiden Jungen erreichen würden. Er glaubte zu wissen, welchen Weg Sven und Ulli genommen hatten. Er war zwar leichter, aber deutlich länger.

Er saß wieder in Marvins Jackentasche und musste ab und zu den Kopf einziehen, um nicht von einem zurückschnellenden Zweig im Gesicht getroffen zu werden. Tuff war auf Marvins Schulter hinaufgeklettert und klammerte sich in seinem Nacken fest, was zwar äußerst unbequem sein musste, sich aber eher mit seinem Stolz vereinbaren ließ, als in einer Jackentasche transportiert zu werden. Ein halbes Dutzend Elfenkinder schwirrte aufgeregt um sie herum, die anderen hatten sich – nachdem Marvin sie lange und inständig darum gebeten hatte – doch noch auf den Weg gemacht, um nach versprengten Überlebenden des *Kleinen Volkes* zu suchen.

Vielleicht eine Stunde vor Mitternacht näherten sie sich dem Großen Abgrund. Der Wald hatte sich auf dem letzten Stück wieder gelichtet, so dass sie besser von der Stelle kamen. Aber es war auch nicht mehr der Wald, den Norg kannte. Er fühlte sich unbehaglich. Die Bäume waren bis dicht unter die Kronen kahl, viele ganz abgestorben, so dass sie als tote schwarze Skelette in den Himmel ragten, und es gab nur noch sehr wenig Unterholz. Hier lebten kaum noch Tiere und die Luft roch tot.

Endlich erreichten sie den Großen Abgrund und hielten an. Marvin ließ sich in die Hocke sinken und Tuff sprang mit einem erschrockenen Ruf von seiner Schulter, als er sich vorbeugte und in die Tiefe sah. Auch Norg klammerte sich rasch mit beiden Händen am Saum der Jackentasche fest. Der Große Abgrund war nicht nur groß, sondern vor allem *tief*. Es ging mindestens zehn Meter weit senkrecht nach unten. Gewaltige Felsbrocken türmten sich an seinem Grund und in einiger Entfernung spiegelte sich der Mond auf der Oberfläche eines schier endlosen schwarzen Meeres.

»Wie ich es mir gedacht habe«, murmelte Marvin. »Da ist er.«

Er deutete auf einen riesigen schwarzen Kasten, der auf vier runden Füßen stand. Er hatte gelb leuchtende Augen und selbst über die große Entfernung hinweg konnte Norg den erheblichen Gestank wahrnehmen, den er verströmte.

»Das ist ein Reporter?«, fragte Tuff.

»Nein, das ist sein Wagen.« Marvin lächelte flüchtig. »Der Reporter ist dadrinnen.«

»Ein Wagen?« Tuff blinzelte verwirrt. »Du meinst, er hat den Reporter gefressen?«

»So ungefähr«, seufzte Marvin. »Aber keine Angst – er spuckt ihn auch wieder aus, sobald Ulli und Sven hier sind.« Er drehte suchend den Kopf. »Wir müssen irgendwie da runter.«

»Du willst dahinunter?«, fragte Tuff und riss ungläubig die Augen auf.

»Warum nicht?«, fragte Marvin. »So tief ist es nun auch wieder nicht. Ich schätze, vielleicht zehn Meter.«

»Aber das ist der Große Abgrund!«, ächzte Tuff. »Niemand geht dorthinunter. Weißt du denn nicht, dass das ganze Land mit einem schrecklichen Fluch beladen ist?«

»Was für ein Fluch?«

»Früher einmal war das alles hier fruchtbares Land«, erklärte Tuff. »Es gab Bäume und Büsche und viele Tiere. Aber dann kam eines Tages ein schreckliches Ungeheuer, das den ganzen Wald niedergerissen hat. Nachdem es alle Bäume und viele

Tiere gefressen hatte, fing es an, die Erde selbst aufzufressen. Das hat es so lange getan, bis der Große Abgrund entstanden ist.«

Marvin lachte leise. »Du meinst einen Bagger«, sagte er. »Aber ich kann dich beruhigen – das ist kein Ungeheuer, sondern nur eine Maschine. Das Ganze hier ist kein verfluchtes Land, sondern nur eine Kiesgrube. Sie haben den Kies aus dem Boden geholt, weil wir unsere Häuser und Straßen damit bauen, weißt du?«

»Nein«, antwortete Tuff wahrheitsgemäß.

Norg sah erschrocken zu Marvin hoch. »Moment mal«, murmelte er. »Du willst damit sagen, dass ... dass *ihr* das hier getan habt?«

»Ich verstehe nicht so ganz, was du meinst«, sagte Marvin achselzuckend. »Aber diese Kiesgrube wurde von Menschen angelegt, ja. Was ist daran so besonders?«

»Hier wird nie wieder etwas wachsen«, sagte Norg. »Das Land ist tot. Nur noch Felsen und nackte Erde.«

»Das ist nicht fair!«, protestierte Marvin. »Ihr baut euch doch auch Häuser und Nester, oder etwa nicht?«

»Wir nehmen nur, was die Natur uns freiwillig gibt«, antwortete Norg. »Heruntergefallene Äste und Blätter, die nachwachsen. Hier wird nie wieder etwas wachsen.«

»Es ist nur ein kleiner Flecken«, verteidigte sich Marvin. Es klang nicht sehr überzeugend. »Und es gibt so viel Wald auf der Welt.«

»Und in jedem leben Tiere«, versetzte Norg.

Darauf sagte Marvin nichts mehr, sondern sah ihn nur noch einen Moment betroffen an und wechselte dann das Thema, indem er sich räusperte und eines der Elfenkinder zu sich heranwinkte. »Flieg los und halte nach Sven und Ulli Ausschau«, verlangte er. »Und wo zum Teufel bleiben überhaupt die anderen?«

Das Elfenkind zog eine Schnute und rührte sich nicht.

»Habe ich mich so unklar ausgedrückt?«, fragte Marvin ärgerlich. »Beeil dich!«

Das Elfenkind zog die Augenbrauen zusammen und Norg hielt instinktiv die Luft an, aber nichts geschah. Nach einem Moment erhob sich das kleine Geschöpf auf schwirrenden Flügeln in die Luft und flog davon.

Norg atmete erleichtert auf. »Das war knapp«, sagte er. »Du solltest sie nicht reizen«, sagte er. »Sie sind nicht so harmlos, wie sie aussehen.«

»Tuff hat sie als Ungeziefer bezeichnet«, erinnerte Marvin.

»Und du hast gesehen, was ihm passiert ist«, sagte Norg.

»Sicher«, sagte Marvin. »Aber das war doch nur Zufall, oder? Ich meine ... Pech eben.«

»Ganz genau«, sagte Norg. »Elfenkinder bringen Pech – wenn sie es wollen.«

»Wie bitte?«, fragte Marvin. Er sah die fünf verbliebenen Elfenkinder an, die ihn im Halbkreis umstanden; jedes nicht größer als seine geballte Faust. Sie nickten alle zusammen.

»Man sollte sie nicht unnötig reizen«, sagte Norg noch einmal. Die Elfenkinder nickten abermals.

»Also, du meinst – wenn sie es wollen, dann passieren einem die schlimmsten Sachen«, vergewisserte sich Marvin. Plötzlich grinste er. »Sven und Ulli könnten doch in einen Fuchsbau treten und sich den Fuß verstauchen. Oder ein Baum fällt um und trifft sie.«

»Das wäre aber nicht sehr nett«, sagte Norg. »Außerdem funktioniert das so nicht. Sie bringen nur kleines Pech.«

»Sie sind ja auch ziemlich klein«, fügte Tuff hinzu und zog vorsichtshalber den Kopf ein, als eines der Elfenkinder in seine Richtung blickte.

»Viele kleine Unglücksfälle ergeben auch einen großen«, sagte Marvin nachdenklich.

Auch das verstand Norg nicht wirklich, doch in diesem Moment raschelte es neben ihnen und ein Elfenkind erschien – unmittelbar gefolgt von Kurznase. Er sah ziemlich zerrupft aus. Die Mütze saß ihm schief auf dem Kopf und er hatte etliche üble Schrammen und Kratzer.

»Also doch«, grollte er. Er wagte es nicht, näher zu kommen, funkelte Marvin aber aus zornigen Augen an.

»Also doch was?«, fragte Norg.

Kurznase deutete anklagend auf Marvin. »Du hast ihn mitgebracht! Es ist alles deine Schuld!«

»Wenn überhaupt, ist es meine Schuld«, sagte Marvin. »Wer ist das?«

»Kurznase«, antwortete Norg, dem die Frage galt.

»Ein fürchterlicher Angeber«, fügte Tuff hinzu.

»Jedenfalls bin ich kein Feigling!«, sagte Kurznase giftig.

»Feigling?«, wiederholte Tuff. Seine Augenbrauen zogen sich drohend zusammen.

»Trollbären!«, sagte Kurznase. »Du hättest sehen sollen, wie sie gerannt sind, diese tapferen Krieger!«

»Offensichtlich nicht so schnell wie du!«, versetzte Tuff.

Kurznase plusterte sich auf, um dem Trollbären die gebührende Antwort zukommen zu lassen, aber Marvin brachte die beiden Streithähne zum Schweigen, indem er sie kurzerhand ergriff und in die Höhe hob.

»Das reicht jetzt«, sagte er streng. »Streiten könnt ihr euch später. Jetzt müssen wir überlegen, wie wir eure Leute befreien.«

»Befreien?« Kurznase zupfte an seinen Kleidern, nachdem Marvin ihn wieder abgesetzt hatte. »Was für ein Unsinn! Wir sind ihnen nicht gewachsen. Auch du nicht.«

»Nicht allein«, gestand Marvin. »Aber wenn wir alle zusammenhalten, vielleicht. Wo sind die anderen? Ich meine, Sven und Ulli haben doch sicher nicht das ganze *Kleine Volk* eingefangen, oder?«

»Weggelaufen«, antwortete Kurznase. »Sie haben sich in Sicherheit gebracht. Das hätte ich auch, wenn dieses Elfenkind nicht so lange genörgelt hätte.«

»Und wenn du nicht so neugierig gewesen wärst«, vermutete Norg. Er wandte sich direkt an Marvin. »Was hast du vor?«

»Zuerst einmal müssen wir herausfinden, wo die beiden sind«, antwortete Marvin. »Und dann machen wir Folgendes …«

Die Schlacht am Großen Abgrund

Norg duckte sich hinter einen Felsbrocken, blinzelte zum Waldrand hinüber und fragte sich, was mit der Zeit geschehen war. Sie lief plötzlich viel langsamer ab. Seit ihnen eines der Elfenkinder gesagt hatte, dass die beiden Stinkfüße und ihr Ungeheuer im Anmarsch waren, waren allerhöchstens fünf Minuten vergangen. Ihm kam es vor, als wären es fünf Stunden.

»Ich glaube, sie kommen«, flüsterte Marvin. Er befand sich ein gutes Stück entfernt hinter der Deckung eines weiteren Felsens, aber Norg verstand ihn trotzdem ohne Probleme. Der Junge brachte das Kunststück fertig, lauter zu flüstern, als Norg schreien konnte.

Er hatte das Splittern und Bersten, mit dem sich die beiden Riesen ihren Weg durch das Unterholz bahnten, schon eine ganze Weile gehört. Norg hätte sogar auf den Zentimeter genau sagen können, wo Sven und Ulli aus dem Wald heraustreten würden. Trotzdem nickte er nur und sah sich mit wachsender Nervosität um. Alles war ruhig. Kurznase und die Elfenkinder hatten die Plätze eingenommen, die Marvin ihnen zugewiesen hatte – auch wenn keiner von ihnen wirklich verstand, was Marvin eigentlich mit dem Wort *Schlachtplan* gemeint hatte. Norg konnte nur hoffen, dass der Menschenjunge wusste, was er tat.

»Da sind sie!«

Ein dünner Busch wurde mit einem Getöse auseinandergerissen, als bräche der ganze Wald zusammen, und dann stach ein greller Lichtstrahl ins Freie.

Norg blinzelte überrascht. Das Licht war unglaublich weiß und schien direkt aus der Hand eines der beiden Riesen zu kommen, die aus dem Wald heraustraten.

Tuff sog erschrocken die Luft ein. »Zauberei!«, keuchte er. »Das ist schwarze Magie!«

»Das ist eine stinknormale Taschenlampe«, sagte Marvin. »Sei still, Knirps!«

»Knirps?«, ächzte Tuff.

»*Still!*«, sagte Marvin scharf. Tuff verstummte sofort.

»Es geht los!«, sagte Marvin. »Ihr wisst, was ihr zu tun habt!«

Norg nickte nervös. Genau das war ja das Problem. Er zwinkerte Marvin zu, dass er bereit sei (eine glatte Lüge), und Marvin erhob sich hinter seiner Deckung und trat den beiden Jungen entgegen.

»Hallo«, sagte er.

Die beiden Schatten am Waldrand fuhren erschrocken zusammen. Das Licht irrte einen Moment lang hektisch hin und her und richtete sich dann auf Marvins Gesicht. Etwas Kleines, Struppiges mit glühenden Augen erschien zwischen den beiden Jungen und stieß ein tiefes, drohendes Knurren aus, kam jedoch nicht näher.

Marvin hob die Hand vor die Augen und blinzelte, wich aber keinen Zentimeter zurück, als Sven und Ulli auf ihn zutraten.

Norg konnte jetzt erkennen, dass Ulli etwas Kleines, Silbernes in der Hand hielt, aus dem der

grelle Lichtstrahl stammte. Sven trug einen Sack über der rechten Schulter, in dem es heftig zappelte.

Norgs Herz tat einen erschrockenen Satz in seiner Brust, als sich der Schatten zwischen Sven und Ulli bewegte und er das Ungeheuer zum ersten Mal wirklich erkennen konnte. Marvin hatte gesagt, dass es ein *kleiner Hund* sei – aber das galt allerhöchstens im Vergleich zu ihm. Der Dackel war fast so groß wie ein Fuchs und seine Zähne waren länger als Norgs Hand.

»Der gehört uns«, murmelte er. Tuff nickte. Er sagte nichts.

»Was willst du denn hier?«, fragte Sven. »Hat dir die Abreibung gestern nicht gereicht?«

»Ich gehe nur spazieren«, sagte Marvin. »Was dagegen?«

»Solange du uns nicht in die Quere kommst, nicht«, antwortete Sven. Sein Blick suchte die Dunkelheit hinter Marvin ab, aber Norg war sicher, dass er weder Tuff noch ihn und die anderen sah.

»Was habt ihr in dem Sack?«, fragte Marvin.

»Was geht dich das an?« Sven machte einen weiteren drohenden Schritt in Marvins Richtung.

»Eine Menge«, antwortete Marvin. »Weil ihr nämlich meine Freunde dadrinnen habt. Was habt ihr mit ihnen vor?«

»Ich wüsste nicht, was dich das angeht«, grollte Sven. »Gib den Weg frei oder es kracht.«

»Das kann ich nicht machen«, sagte Marvin. Er klang ein ganz kleines bisschen nervös, wich aber um keinen Zentimeter. »Lasst sie frei.«

»Du spinnst wohl«, knurrte Sven. »Aus dem Weg – es sei denn, du legst Wert darauf, nach Hause getragen zu werden.«

»Lasst sie frei«, sagte Marvin noch einmal. »Das ist die letzte Warnung. Wenn ihr sie auf der Stelle aus dem Sack lasst, könnt ihr gehen und euch passiert nichts.«

Sven grinste böse. »Und wenn nicht?« Er setzte den Sack ab und stemmte herausfordernd die Fäuste in die Hüften. »Willst du mich vielleicht zwingen? Du ganz allein?«

»Nein«, sagte Marvin ruhig. Dann schrie er: *»Packt sie!«*

Norg und Tuff sprangen hinter ihrer Deckung hervor und rannten los. Marvin tat etwas, womit Sven offensichtlich niemals gerechnet hätte: Er stürmte los und warf sich, ohne zu zögern, auf ihn. Dicht hinter Ulli teilte sich das Gebüsch und Kurznase und ein weiterer Trollbär brachen hervor und stürzten sich johlend auf ihn. Gleichzeitig ließ sich Plix' Fledermaus aus den Ästen über ihm fallen und zerrte wild zeternd an seinen Haaren und ein Dutzend Elfenkinder schwirrte wie ein zorniger Bienenschwarm um ihn herum. Im nächsten Moment war die wildeste Keilerei im Gange, die Norg jemals erlebt hatte.

Wie besprochen versuchte Tuff die Aufmerksamkeit des Dackels auf sich zu ziehen – was ihm auch besser gelang, als ihm vermutlich selbst recht war. Das Ungeheuer stürzte sich kläffend auf ihn. Seine Fänge schnappten mit einem hörbaren Krachen zu und Tuff konnte sich im letzten Moment noch zur Seite werfen, bevor er eine Pfote verlor oder vielleicht Schlimmeres.

Norg rannte im Zickzack zwischen dem Chaos hindurch. Aus den Augenwinkeln sah er, wie Ulli wie von Sinnen auf der Stelle herumhüpfte und nach dem Quälgeist schlug, der an seinen Haaren riss.

Dann hatte er die Stelle erreicht, an der Sven den Sack fallen gelassen hatte. Dumpfe Stimmen und Schreie drangen aus seinem Inneren.

Norg kletterte an dem Sack empor, so schnell er konnte. Unter seinen Füßen wurden erschrockene und auch wütende Stimmen laut, aber darauf konnte er im Moment keine Rücksicht nehmen. Obwohl er sich mit ganzer Kraft darauf konzentrierte, den groben Strick zu lösen, mit dem Sven den Sack zugebunden hatte, sah er doch, dass der Kampf keinen guten Verlauf nahm. Marvin und Sven prügelten sich, dass die Fetzen flogen, aber Marvin war seinem Gegner bestenfalls ebenbürtig, mehr aber auch nicht.

Tuff hatte es irgendwie geschafft, hinter das geifernde Ungeheuer zu gelangen und seinen Schwanz zu ergreifen, und Ulli hüpfte mittlerweile auf einem Bein herum und schleuderte das andere wie wild hin und her, um Kurznase und den Trollbären loszuwerden, die an seinem Fuß zerrten. Es war nur noch eine Frage der Zeit, bis sich das Blatt zu ihren Ungunsten wendete.

Norg riss mit aller Kraft an den Stricken. Sie waren dicker als sein Arm und der Knoten rührte sich um keinen Millimeter. Er konnte sich kaum noch halten, denn unter ihm zappelte es immer stärker.

»Was ist da los?«, drang eine wütende Stimme durch den groben Stoff. »Wer ist da?«

»Ich!«, antwortete Norg. »Norg! Ich kriege den Knoten nicht auf!«

»Mir egal, aber nimm den Fuß aus meinem Gesicht!«, brüllte Langnase.

Norg verlagerte hastig sein Gewicht und wäre fast gestürzt, konnte sich aber im letzten Moment noch festklammern.

Neben ihm rollten Marvin und Sven ineinandergekrallt über den Boden und prügelten sich, was das Zeug hielt, und Ulli hatte mittlerweile zwar Kurznase und den Trollbären abgeschüttelt, dabei aber seine Taschenlampe verloren. Er kämpfte mit wild rudernden Armen um sein Gleichgewicht. Tuff schließlich hatte sich in eine Art Kreisel verwandelt – Purzel drehte sich wie wild auf der Stelle und schnappte immer wieder nach dem Trollbären, der sich mit aller Kraft an seinen Schwanz klammerte.

Der Verzweiflung nahe verdoppelte Norg seine Anstrengungen, den Knoten zu lösen, aber der Strick bewegte sich einfach nicht. »Ich krieg ihn nicht auf!«, schrie Norg. Dann kam ihm eine Idee. »Wie viele Elfenkinder sind bei euch?!«

»Sieben«, antwortete Langnase. Ein protestierendes Piepsen erscholl und Langnase verbesserte sich hastig: »Nein, acht.«

»Das müsste reichen«, murmelte Norg. Laut rief er: »Sie sollen an Sven denken! Er hat den Knoten gemacht, oder?«

»Ja, und?«

»Vielleicht hat er ja Pech und der Strick war morsch«, antwortete Norg. »Oder er hat den Knoten so festgezogen, dass er das Seil dabei fast zerrissen hat.«

»Das klappt doch nie«, murrte Langnase.

»Es muss«, antwortete Norg verzweifelt. »Und ganz egal, was es ist, sie sollen es *schnell* tun. Das hier geht nicht mehr lange gut.«

Und das war keineswegs übertrieben. Das Ungeheuer drehte sich mittlerweile so schnell um seine Achse, dass Tuff waagerecht in der Luft hing und immer schneller umhergeschleudert wurde. Sven und Marvin rollten weiter über den Boden und blieben einander nichts schuldig, und Kurznase arbeitete sich gerade fluchend aus einem Gestrüpp heraus, in das er hineingeschleudert worden war. Von dem Trollbären war gar nichts mehr zu sehen. Einzig Ulli blieb das Pech treu: Er war gestürzt. Zwar hatte er auch die Fledermaus mittlerweile abgeschüttelt, aber als er aufzustehen versuchte, trat er sich mit dem Fuß auf den eigenen Schnürsenkel und fiel ein zweites Mal auf die Nase. Zumindest um ihn musste er sich keine Gedanken machen, dachte Norg. Solange die Elfenkinder weiter um ihn herumschwirrten, würde alles schiefgehen, was nur schiefgehen konnte.

In diesem Moment ertönte ein reißendes Geräusch und der Strick unter Norgs Händen zerbröselte wie trockenes Laub, das zu lange in der Sonne gelegen hatte. Norg verlor durch den unerwarteten Ruck endgültig den Halt, schlug einen Salto rückwärts in der Luft und landete einen halben Meter tiefer und ziemlich unsanft auf dem Hosenboden. Ein ganzer Schwarm schimpfender Elfenkinder flog über ihm aus dem Sack, dann kletterte ein reichlich zerknautscht aussehender Langnase ins Freie, gefolgt von Yorla, fünf oder sechs Trollbären und schließlich dem Leprechaun, der sich Plix kurzerhand über die Schulter geworfen hatte.

Damit wendete sich das Blatt. Die Elfenkinder gesellten sich sofort zu ihren Brüdern und Schwestern, und wenn Ulli vorher schon nicht unbedingt vom Glück verfolgt gewesen war, so erfuhr er nun eine vollkommen neue Bedeutung des Wortes *Pech*. Jede noch so winzige Bewegung, die er tat, endete in einer Katastrophe. Selbst als er nach ein paar Augenblicken auf den naheliegenden Gedanken kam, sich gar nicht mehr zu bewegen, setzte er sich auf eine Anzahl scharfkantiger Steine, die im Sand unter ihm verborgen gewesen waren. Die Trollbären dagegen stürzten sich gemeinsam auf das Ungeheuer, das Tuff noch immer am Schwanz gepackt hielt. Norg stand auf etwas wackeligen Beinen auf und drehte sich herum, um Marvin zu Hilfe zu kommen.

Im nächsten Augenblick stieß er einen gellenden Warnschrei aus, aber falls die beiden Jungen ihn überhaupt hörten, dann war es doch zu spät: Sie rollten aneinandergeklammert weiter auf den Abgrund zu – und waren plötzlich verschwunden!

»Bei der großen Eule!«, entfuhr es Yorla. »Sie sind abgestürzt!«

Sie rannten los. Norgs Herz hämmerte bis in seinen Hals hinauf, und obwohl er kaum mehr als eine Sekunde brauchte, um den Abgrund zu erreichen, gaukelte ihm seine Fantasie in dieser Zeit ein Dutzend Bilder vor, von denen eines schrecklicher war als das andere.

Seine allerschlimmsten Befürchtungen wurden zwar nicht wahr, doch was er sah, war schlimm genug. Die beiden Jungen lagen nicht zerschmettert am Fuße der Steilwand, aber möglicherweise war das nur noch eine Frage der Zeit. Marvin kauerte vielleicht einen Meter unter ihm auf einem Felsvorsprung und richtete sich gerade benommen auf. Sven hatte es viel schlimmer erwischt. Er hatte sich mit beiden Händen an eine Wurzel geklammert, die aus der Felswand vor ihm herauswuchs. Sein Gesicht war vor Anstrengung verzerrt, aber Norg sah auch, dass er sich nicht mehr lange würde halten können. Seine Füße scharrten verzweifelt an der Felswand, ohne irgendwo eine Stütze zu finden.

Marvin hob stöhnend den Kopf und fuhr heftig zusammen, als er den Abgrund sah, der unter ihm klaffte. Eine Sekunde lang saß er vollkommen regglos da, dann richtete er sich unendlich behutsam auf und schob sich mit dem Rücken an der Felswand empor, bis er hoch genug war, um sich auf festen Boden zu schwingen. Mit einem erleichterten Seufzer ließ er sich zurücksinken und schloss die Augen.

Sven war inzwischen ein Stück weiter abgerutscht. Er klammerte sich mit solcher Gewalt an die Wurzel, dass seine Hände bluteten, aber er rutschte trotzdem immer weiter ab.

»Helft mir!«, keuchte er. »Um Gottes willen, ich stürze ab! Hilfe!«

»Ja, das wird er wohl«, sagte Kurznase gehässig.

Er beugte sich ein wenig vor, prallte hastig zurück und verdrehte mit übertrieben gespieltem Schrecken die Augen. »Ganz schön tief!«

»Hilfe!«, flehte Sven. »Ich stürze!«

Marvin richtete sich unsicher auf, kroch auf dem Bauch liegend zum Abgrund zurück und stieß entsetzt die Luft zwischen den Zähnen aus. »Um Gottes willen!«, keuchte er. »Hier! Halt dich fest!«

Er kroch noch ein kleines Stück weiter vor und streckte die Hand aus. Keine Sekunde zu früh. Die Wurzel, an die sich Sven klammerte, zerbrach mit einem peitschenden Knall und Sven griff mit einer verzweifelten Bewegung nach oben und klammerte sich an Marvins ausgestreckte Rechte.

Marvin ächzte vor Anstrengung und Schmerz. Er wurde auf den Abgrund zugezerrt und einen Moment lang fürchtete Norg schon, Sven könnte ihn mit sich in die Tiefe reißen. Marvin fand zwar im letzten Augenblick Halt, aber sein Gesicht war vor Anstrengung verzerrt und Norg war auf den ersten Blick klar, dass seine Kraft niemals ausreichen würde, um Sven nach oben zu ziehen.

»Wir müssen ihm helfen!«, sagte er. »Alle zusammen! Schnell!«

Kurznase sah ihn nur verdattert an, aber Langnase nickte befehlend.

Auf seinen Wink hin eilten Yorla, die Trollbären und selbst der Leprechaun herbei, klammerten sich an Marvins Gürtel und an seine Hosenbeine und zerrten und zogen mit aller Kraft. Es gelang ihnen nicht, ihn auch nur einen Zentimeter weit zurückzuziehen, aber immerhin schlitterte er nicht weiter auf den Abgrund zu.

»Ich kann mich nicht mehr halten!«, wimmerte Sven. »Hilfe!«

Auch Norg hatte die Hände in Marvins Jacke gekrallt und stemmte sich mit aller Gewalt gegen den Boden. Seine Gedanken überschlugen sich. Sie mussten irgendetwas tun – aber was? Er ließ Marvins Jacke los, war mit einem Satz am Abgrund und wedelte aufgeregt mit beiden Armen. »Elfenkinder!«, rief er. »Hierher! Schnell!«

Er musste gar nicht mehr sagen. Die meisten Elfenkinder waren bereits da und summten über ihm durch die Luft, und als er den Ausdruck auf dem einen oder anderen Gesicht sah, kamen ihm gewisse Zweifel, ob die Wurzel tatsächlich unter Svens Gewicht zerbrochen war oder ob es sich dabei um eine ganz besondere Art von *Pech* gehandelt hatte. »Helft ihm!«, befahl er. »Zieht ihn hoch!«

Nicht ein einziges Elfenkind tat, was er verlangt hatte, aber viele begannen empört zu zetern.

»Er wird abstürzen und sterben, wenn ihr ihm nicht helft!«, sagte Norg verzweifelt.

»Soll er doch!« und »Geschieht ihm nur recht!«, piepsten die Elfenkinder.

»Tut, was er sagt!«, befahl Langnase. »Sofort!«

Das wirkte. Die Elfenkinder sanken auf Svens Schultern und Oberarme herab, schlugen wild mit den Flügeln und taten ihr Allerbestes. Selbst für Mitglieder des *Kleinen Volkes* waren sie winzig und ihre Kraft kaum der Rede wert.

Trotzdem waren sie das Zünglein an der Waage. Ganz langsam, aber stetig zog Marvin den Jungen in die Höhe, bis Svens wild strampelnde Beine endlich irgendwo Halt fanden. Mit einem letzten Ruck kam er hoch, fiel neben Marvin auf die Knie und brach keuchend vor Anstrengung zusammen.

Neue Freunde

Es vergingen etliche Sekunden, bis Marvin wieder so weit zu Kräften gekommen war, dass er sich aufrichten und benommen in die Runde blicken konnte. »Ist … alles in Ordnung?«, fragte er schwer atmend.

Er bekam nicht sofort eine Antwort. Sie alle waren so erschöpft, dass sie kaum sprechen konnten, aber immerhin raffte sich Norg zu einem stellvertretenden Nicken auf. Marvin antwortete ebenso mit einem Nicken, stand umständlich auf und drehte sich zu Sven um – allerdings erst, nachdem er rasch ein paar Schritte vom Abgrund zurückgewichen war.

»Und bei dir?«, fragte er.

Sven arbeitete sich mühsam in eine sitzende Position hoch und sah sich um. Er war kreidebleich und sein Gesicht glänzte vor Schweiß. Er sagte nichts.

Norg hätte an seiner Stelle auch nicht geantwortet. Selbst wenn er Marvin nicht mitrechnete, sah sich Sven von einer ganzen Armee eingekreist. Einer ziemlich erschöpften Armee, aber trotzdem einer kleinen Armee: anderthalb Dutzend Elfenkindern, Langnase und seinem Bruder, sechs der gefährlichen Trollbären, Yorla und nicht zu vergessen dem Leprechaun, der zwar nicht viel größer als Norg war, aber um einiges gefährlicher werden konnte.

»Ich hoffe, das wird dir eine Lehre sein«, sagte Marvin. »Wenn ihr so etwas noch einmal versucht, dann kommst du vielleicht nicht mehr so glimpflich davon.«

»Das war doch nur Pech«, sagte Sven düster. »Das nächste Mal –«

»Wenn ich du wäre«, fiel ihm Marvin ins Wort, »würde ich lieber einen heiligen Eid schwören, dass es kein nächstes Mal gibt. Du bist jetzt gerade noch einmal mit dem Leben davongekommen, ist dir das eigentlich klar?«

»Ja. Und vielen Dank auch noch mal«, sagte Sven gehässig.

»Bedank dich nicht bei mir, sondern bei ihnen.« Marvin machte eine weit ausholende Geste. »Ohne Norg und seine Freunde hätte ich es nie geschafft, dich hochzuziehen.«

»Ohne sie hättest du es nie geschafft, mich da runterzuwerfen«, sagte Sven böse. Er stand auf. »Glaub bloß nicht, dass die Sache damit erledigt ist. Wir sind noch lange nicht miteinander fertig.« Er sah sich wild um, dann verdüsterte sich sein Gesicht noch weiter. »Ulli, du Trottel! Hör gefälligst auf, vor Angst zu schlottern, und komm hierher. Und wo ist überhaupt dieser Versager von einem Hund?«

»Hier!«, krähte eine Stimme irgendwo hinter ihnen. »Und ich wäre euch äußerst dankbar, wenn ihr ihn von mir herunternehmen könntet!«

Norg drehte sich herum und wurde mit einem Anblick belohnt, der ein schadenfrohes Grinsen auf sein Gesicht zauberte. Tuff lag in einiger Entfernung auf dem Rücken. Der Hund lag so auf ihm, dass er mit seinen Pfoten Arme und Beine des Trollbären gegen den Boden presste, und wedelte heftig mit dem Schwanz. Seine lange, nasse Zunge schlabberte ununterbrochen durch Tuffs Gesicht.

»Purzel, du trübe Tasse!«, sagte Sven. »Komm auf der Stelle hierher!«

Der Hund hörte auf, mit dem Schwanz zu wedeln und Tuffs Gesicht abzulecken, und sah zu seinem Herrn hin. Er wirkte ein bisschen enttäuscht, fand Norg, und irgendwie gar nicht mehr gefährlich.

»Du sollst hierher kommen, du dämlicher Köter!«, schrie Sven. Der Hund zog die Ohren an den Kopf, stand auf und trollte sich mit eingezogenem Schwanz zu seinem Herrn, aber Norg hatte das sichere Gefühl, dass er viel lieber bei Tuff geblieben wäre.

Auch Ulli war mittlerweile aufgestanden. Er kam sehr langsam und mit gesenktem Blick näher, fast als rechne er bei jedem Schritt mit dem Allerschlimmsten.

»Und worauf wartest du, du Niete?«, fragte Sven böse.

Ulli zuckte verlegen mit den Schultern. »Ich … ich meine … ich …«

»Ja?«, fragte Sven böse.

»Ich meine nur, eigentlich hat Marvin Recht«, sagte Ulli leise. »Wir haben ihnen ziemlich übel mitgespielt und zum Dank haben sie dir das Leben gerettet.«

»Ach, so siehst du das«, knurrte Sven. »Du Verräter!« Er drehte sich zu Marvin und funkelte ihn an. »Freu dich bloß nicht zu früh. Wir sehen uns wieder. Und deine kleinen Freunde auch!«

Und damit fuhr er auf dem Absatz herum und stolzierte mit trotzig in den Nacken geworfenem Kopf davon. Ulli und, nach kurzem Zögern, auch der Hund folgten ihm.

»Das war knapp«, seufzte Marvin, nachdem die beiden Jungs außer Hörweite waren. »Ich glaube, er hat überhaupt noch nicht begriffen, dass ihr ihm das Leben gerettet habt.«

»Das wird er schon noch«, sagte Yorla. »Er ist jung. Er braucht noch ein wenig Zeit.«

»Er wird Ärger machen«, behauptete Kurznase. »Denkt nur an den Reporter. Sobald der Wagen ihn wieder ausgespuckt hat, wird Sven zu ihm gehen und ihm alles erzählen.«

Marvin lachte. »Macht euch darum keine Sorgen«, sagte er. »Was soll er ihm schon erzählen? Dass er fast in den Abgrund gestürzt wäre und dass ihn ein paar Wichtel und Kobolde und ein Dutzend winziger Elfen hinaufgezogen haben?«

»Sicher«, sagte Kurznase. »Genau so war es doch.«

»Soll er es erzählen«, sagte Marvin lächelnd. »Das glaubt ihm sowieso kein Mensch. Aber natürlich hast du Recht.« Er wurde übergangslos sehr ernst. »Ihr müsst hier weg. Wenn euch jemand sieht, dann ist euer Geheimnis dahin.« Er druckste einen Moment herum. »Das Ganze tut mir wirklich leid«, sagte er. »Norg hat mir erzählt, dass ihr eure Heimat aufgeben müsst, nur weil ich bei euch war.«

»Das ist richtig«, antwortete Yorla. »Aber der Wald ist groß. Wir werden einen anderen Platz finden, an dem wir ein wenig bleiben können. Das *Kleine Volk* lebt nicht in Häusern wie ihr Menschen. Der ganze Wald ist unser Zuhause, weißt du?«

Marvin nickte. Er wirkte irgendwie niedergeschlagen, dachte Norg, und das, obwohl sie doch gerade einen großen Sieg davongetragen hatten, so dass er eigentlich allen Grund zur Freude gehabt hätte.

»Und … was ist mit Norg?«, fragte Marvin jetzt zögernd.

»Was soll mit ihm sein?« Diesmal war es Langnase, der antwortete.

»Ihr habt ihn doch ausgestoßen«, sagte Marvin.

»Das ist wahr«, antwortete Langnase und maß Norg mit einem langen, strafenden Blick. »Er hat gegen unsere Gesetze verstoßen und nun muss er die Strafe dafür erleiden. Ist das bei euch etwa anders?«

»Nein«, sagte Marvin. »Aber immerhin hat er euch auch gerettet.«

»Und was ist mit mir?«, beschwerte sich Tuff.

»Du natürlich auch«, sagte Marvin hastig. »Und selbstverständlich auch die Elfenkinder. Aber wenn Norg nicht gewesen wäre, dann wären wir jetzt wahrscheinlich gar nicht hier.«

»So wenig wie die anderen Jungen«, sagte Langnase.

»Nun gib dir einen Ruck, Langnase«, mischte sich Yorla ein. »Der Mensch hat Recht. Ohne Norg säßen wir noch immer in diesem Sack und es erginge uns schlecht. Er hat wahrlich genug getan, um für seine Verfehlung zu büßen.«

Langnase überlegte einen Moment, bevor er sich zu einem widerstrebenden Nicken durchrang. »Also gut«, sagte er. »Aber wenn so etwas noch einmal vorkommt …«

»Ganz bestimmt nicht!«, versicherte Norg schnell.

»Darauf werde ich schon achtgeben«, fügte Tuff hinzu.

»Also gut«, sagte Langnase noch einmal. »Ich lasse Gnade vor Recht ergehen. Diesmal.«

»Danke!«, sagte Marvin.

»Und was dich angeht –«, fuhr Langnase fort, doch Marvin unterbrach ihn augenblicklich: »Ich verstehe schon. Ich darf nie wiederkommen und ich darf niemandem von euch erzählen.«

»Also eigentlich wollte ich dir gerade sagen, dass ich dich ganz nett finde«, antwortete Langnase. »Für einen Menschen, heißt das.«

Marvin blinzelte. »Willst du damit sagen, ich … ich kann euch … wiedersehen?«

»Nicht so schnell«, sagte Langnase. »*Vielleicht* sehen wir uns irgendwann einmal wieder. Wenn *wir* es wollen.«

»Das *Kleine Volk* hat immer wieder einmal einen Menschen in seine Geheimnisse eingeweiht«, fügte Yorla hinzu. »Einen besonders vertrauenswürdigen Menschen.«

»Und das bin ich für euch?«, fragte Marvin zögernd.

»Zumindest hast du bewiesen, dass du auf unserer Seite stehst«, sagte Langnase. »Aber du darfst niemandem von uns erzählen. Und du darfst nie wieder versuchen unser Zuhause zu finden. *Wir* werden zu dir kommen, wenn wir dich brauchen.«

Und irgendwann, dachte Norg, würde das der Fall sein. Wahrscheinlich sogar eher, als Langnase im Moment selbst schon ahnte. Immerhin hatten sie an diesem Abend bereits etwas von Marvin gelernt – nämlich dass viele Kleine es durchaus mit einem Großen aufnehmen konnten, wenn sie zusammenarbeiteten. Und irgendwie hatte er das Gefühl, dass Marvin auch eine Menge von ihnen gelernt hatte.

»Unglaublich«, murmelte Marvin. »Kobolde, Elfen und Zwerge! Und ich stehe mitten unter ihnen.«

»Und du darfst niemandem von uns erzählen«, sagte Langnase noch einmal.

»Ganz bestimmt nicht«, versicherte Marvin. »Wer würde mir das schon glauben?«

»Geh jetzt«, sagte Langnase. »Wir sehen uns ganz bestimmt wieder – wenn es an der Zeit ist.«

Marvin wirkte ein bisschen enttäuscht, aber er widersprach nicht noch einmal, sondern drehte sich um und ging in die gleiche Richtung davon, in der die beiden anderen Jungen verschwunden waren.

Auch Norg war ein bisschen enttäuscht. Er hätte sich gerne von Marvin verabschiedet, aber er wusste, dass er Langnases Geduld besser nicht zu weit strapazieren sollte. Langnase hatte an diesem Tag schon sehr viel mehr Großmut bewiesen, als er eigentlich erwarten konnte.

Und außerdem: Er hatte in dieser Nacht wohl endgültig einen neuen Freund gewonnen – was also konnte er sonst noch verlangen?

»So, und jetzt erzählt, wie es euch auf dem Weg hierher ergangen ist«, verlangte Langnase.

Bevor Norg antworten konnte, begann Tuff zu berichten. »Es war schrecklich«, sagte er mit aufgeregter Stimme. »Der Wald war voller Ungeheuer und schwarzer Magie. Norg hat vor Angst gezittert, aber ich bin natürlich vorausgegangen, und dann stand plötzlich wie aus dem Boden gewachsen dieser riesige Stinkfuß vor uns, und ich …«

Gefahr für das Dorf des Kleinen Volks

Heike und Wolfgang Hohlbein

Norg –
Im Tal des Ungeheuers

ab 8 Jahren · 176 Seiten mit
Illustrationen von Daniela Chudzinski
ISBN 978 3 522 17510 4

Das Dorf des Kleinen Volks ist in höchster Gefahr. Jeden Tag zur Morgendämmerung wird es von einem schrecklichen Ungeheuer, einer Riesenspinne, überfallen und ein Elfenkind nach dem anderen verschwindet. Nein, ein furchtloser Held wie Norg kann dem grauenvollen Treiben nicht einfach tatenlos zusehen! Er will die Gefangenen befreien. Zusammen mit Tuff und Plix folgt er der Spur des Ungeheuers in den Wald hinein und bietet ihm die Stirn.

Vater und Sohn

Ursula Wölfel
Feuerschuh und Windsandale
Illustriert von Bettina Wölfel
96 Seiten
Taschenbuch
ISBN 978-3-551-35390-0

Tim ist unzufrieden: Sein Name gefällt ihm nicht, er findet sich zu pummelig und überhaupt will er ein ganz anderer werden! Zum Glück hat er bald Geburtstag und sein Vater hat ihm ein Geschenk versprochen, das all seine Probleme lösen soll. Als der große Tag dann endlich da ist, bekommt Tim ein Zelt, nagelneue rote Schuhe und was das Beste ist: Sein Vater nimmt sich vier Wochen Zeit, um mit ihm auf Wanderschaft zu gehen! Eine abenteuerliche Reise beginnt …

CARLSEN

www.carlsen.de